·全民微阅读系列·

梦里有你

赵悠燕 著

江西高校出版社

图书在版编目（CIP）数据

梦里有你 / 赵悠燕著. — 南昌：江西高校出版社，2017.1（2021.1重印）

（全民微阅读系列）

ISBN 978-7-5493-5061-2

Ⅰ.①梦… Ⅱ.①赵… Ⅲ.①小小说—小说集—中国—当代 Ⅳ.① I247.82

中国版本图书馆 CIP 数据核字（2017）第 017527 号

出版发行	江西高校出版社
社　　址	江西省南昌市洪都北大道 96 号
总编室电话	（0791）88504319
销售电话	（0791）88592590
网　　址	www.juacp.com
印　　刷	永清县晔盛亚胶印有限公司
经　　销	全国新华书店
开　　本	700mm×1000mm 1/16
印　　张	14
字　　数	160 千字
版　　次	2017 年 1 月第 1 版
	2021 年 1 月第 2 次印刷
书　　号	ISBN 978-7-5493-5061-2
定　　价	45.00 元

赣版权登字 -07-2017-34

版权所有　侵权必究

图书若有印装问题，请随时向本社印制部（0791-88513257）退换

目录

第一辑　你不知道的事 / 1

梦里有你 / 1

心意 / 5

你不知道的事 / 8

一双不受约束的手 / 11

青花瓷瓶 / 14

和父亲散步 / 18

雨儿 / 21

孝子 / 24

我的号码去哪儿了 / 26

钟点男工 / 29

生于六十年代 / 32

荆庄 / 35

蓝绸伞 / 38

第二辑　有人抓住了她的脚踝 / 41

无处清静 / 41

搜寻你的秘密 / 45

丢了一只耳环 / 48

别动 / 51

饥饿游戏 / 55

空冢 / 59

暗恋 / 62

有人抓住了她的脚踝 / 66

在乎 / 69

数日子 / 72

丙尧的眼泪 / 75

规矩 / 78

内部消息 / 81

格局 / 84

第三辑 一个破纪录的男子 / 89

落枑 / 89

一个破纪录的男子 / 93

你能跑得过车子吗 / 96

下次我找你 / 99

三只蟹到底有多长 / 103

奇药 / 106

去城里的路有多远 / 109

随风而逝 / 112

新船出海 / 115

没有你的消息 / 118

女人这东西 / 122

轻微骚动 / 125

拿啥证明你是好人 / 129

传说 / 132

童西的生日 / 135

彩石塘 / 139

第四辑　我是一只放生狐 / 142

捕蝉 / 142

海滩边 / 146

我是一只放生狐 / 150

佘婆婆的岛 / 153

大海的味道 / 156

吃鱼 / 159

台风来了 / 162

说吧，爸爸 / 166

痴心戈尔 / 169

一条去天堂的狗 / 173

正面人物 / 176

杀鸡给谁看 / 179

第五辑　反正闲着也是闲着 / 183

中了大奖我请客 / 183

遇见 / 187

去海边度假 / 190

当税收遇到美女 / 193

反正闲着也是闲着 / 197

我的眼里只有你 / 200

一个非常有趣的赌 / 203

去朱家尖看沙雕 / 206

晕船 / 208

我的合租室友 / 212

抓拍 / 215

第一辑　你不知道的事

　　分类导读：子女把他送入医院，医生检查来检查去，也查不出什么毛病，说大概是心病吧。

　　但海生啥也不肯说，只是经常做噩梦，半夜惊叫着醒来，怎么也睡不着了，一直坐到天亮，白天则昏昏沉沉地睡着，夜半又是如此。这样晨昏颠倒，不久人瘦得脱了形，奄奄一息了。

梦里有你

　　章前导读：李台阳突然造访朋友罗威，让刚升了职的罗威以为李台阳一定有所求，一次次的试探都未能弄清真相。最后明白缘由，让罗威感动不已。

　　罗威刚要出门，接到一个电话，"罗威啊，我是李台阳。啊对对，总算你还没有忘了我。你在家吗？好，

梦里有你

我马上就过来。"

罗威想：和李台阳这么多年没联系了，自己刚升职，莫不是……

门铃响了，门开处，伸进一个乱蓬蓬的脑袋，一只黑色的塑料袋子"嗵"地放在地板上。

罗威说："是台阳啊，快请进。"

坐在沙发上，罗威递烟给李台阳。李台阳抽出一支，凑在鼻子上闻闻，说："罗威，你混得不错啊。"

"听说你要来，特地去超市买的。"罗威用打火机给他点烟。

李台阳嘻嘻一笑，放下烟，说："这么破费干吗？我早戒了，那东西耗钱。"

罗威说："那就吃些水果吧。"

李台阳也不客气，抓了个苹果，边吃边环顾房子，说："你这房子够气派啊。"

罗威说："我是'负翁'一个，现在每月还在还房贷呢。"

李台阳说："你们夫妻俩都是白领阶层，这钱来得容易，债也还得快。哪像我们，能吃饱饭，不生病，孩子上得起学，就上上大吉了。"

罗威想，这像是要借钱的开场白吧。他说："是啊，现在，谁都活得不容易。"

李台阳说："你真是身在福中不知福。我打小就知道，你将来肯定比我活得有出息。"

罗威说："哪里哪里，也是混口饭吃吧。"

李台阳正色道："你这样说就不对了，人要知足，

第一辑 你不知道的事

对吧？"然后，又开起玩笑，"你可不要犯错误啊。"

两人聊起童年时的事儿，说到小时候的邻居谁离婚了，谁出国了，谁还是那么一副臭脾气，一聊聊到快中午，李台阳还是没说他来的目的。

罗威说："台阳，咱们去外面馆子吃吧，边吃边聊。"

李台阳说："今天肯定不吃，我答应老婆回家吃饭的。"仍然继续刚才的话题。

罗威见他一直不提正事，又没有走的意思，想到自己下午还有个会，又不好意思催促，心里便有些七上八下起来，想可能李台阳不好意思自己提出来，便说："台阳，你现在还在摆地摊吧？不如找个固定的工作，做保安什么的，收入也比那强啊。"

李台阳说："我不喜欢做保安，我倒是想过自己租个门面，这样总比被城管赶来赶去强。"

罗威说："城管大队的人我倒是认识，你今后有什么麻烦的话，我可以帮忙。"

李台阳拍了一下罗威的肩膀，说："兄弟，有你这句话，说明我没有白惦记你。十多年了啊，你还是这般热心肠。好，我高兴，真是高兴啊。"边说边站了起来。

罗威说："吃了饭再走。"

"老婆还在家等着我呢。好，我走了啊。"

听着李台阳的脚步声一路下去，罗威低头看了看地板上的黑袋子，打开来一看，原来是自己小时候最喜欢吃的鱼子干。

罗威不知说啥好，忽然觉得自己特俗。

楼梯口又传来"嗵嗵"的脚步声，好像是李台阳的。

3

梦里有你

罗威想：可能刚才他没勇气说出口，就冲这一袋子鱼子干，不管他提啥要求，自己一定想办法。

打开门，果然是李台阳，尴尬的脸上都是亮晶晶的汗珠。他不好意思地说："你们这个小区像个迷宫，我绕来绕去总找不到大门。"

罗威说："瞧我这粗心，应该陪你下楼去的。"说着，便和李台阳下了楼。走到楼下，李台阳去开自行车锁，那辆车和李台阳一般灰不溜秋、满布灰尘。

罗威问："你是骑车来的？"他知道李台阳住在西城，从那骑车到他这儿，起码要一个小时。

李台阳说："是啊，骑惯了。"

罗威说："台阳，你有啥困难只管开口，我能帮的一定帮你。"

李台阳说："没啥事，就想来看看你。"

罗威说："多年咱都没联系了，你今天上门一定有事。你只管说，别开不了口。"

李台阳看看罗威，似下了决心说："我说出来你可别生气。"

见罗威点头，李台阳说："我昨晚做了一个梦，梦见你得了重病，很多人都围着你哭。这一醒来，我心里七上八下的，连地摊都不想去摆了。知道你混得好，我也不想打搅你。可这梦搅得我难受，连我老婆都催我来看看你，瞧你气色这么好，我就放心了。唉，梦呗，我这人还真迷信。"

罗威的眼睛红了，他一把抱住李台阳，说："兄弟！"

第一辑　你不知道的事

心　意

章前导读：杜正为了供在国外读书的儿子，卖了房子，省吃俭用，到处借贷，为的是不再让儿子回到受工业污染的小镇。我借钱给杜正，并不得不每天领受他的一份"心意"。

那天，杜正走进我办公室，把两只盛满水的桶往地上一放，说，今后，你家的吃水我包了。

我说，不用了，这多麻烦，我家喝的是纯净水。

杜正说，你那纯净水没有矿物质，这观音山上的水好，是仙水。

我当然知道，观音山海拔三百多米，平常只有体质好、有毅力的人才会天天去爬那座山。

自从镇里引进一个据说是绿色的化工项目以来，去观音山取水的人越来越多。我体胖懒惰，再说了，喝的水是干净了，那些田里的农作物，海洋里的鱼就能保证吃得安全放心吗？

那天，杜正满头大汗走进办公室的时候，我把这个理论告诉了他，劝他别再往我这儿拎水了。

可是，我们没有实力带领一家老小离开这儿，至少，这是我能做的一点努力啊。我希望我的家人朋友都能平平安安、健健康康地生活着。杜正看着我喃喃地说。

梦里有你

我心里一颤，站起来，给杜正点燃了一支烟，我们再没有说话，默默地把烟抽完了。

杜正的儿子三年前去了国外读书，为了儿子，杜正把家里的房子卖了，夫妻俩搬到了丈母娘家住。儿子隔三岔五来要钱，杜正东拼西凑借了些，不够就去银行贷款。这些年，杜正就没买过一件新衣服，穿的都是儿子中学时的那两件校服。

我说，你没那个经济实力，何苦非逼着儿子去留学。瞧你们夫妻俩面黄肌瘦样，有必要吗？

杜正说，我们这一代是老了，可我的儿子，我不想让他再回到这个镇上。你想，我连最起码的空气和水质都不能对他保证。所以，无论如何我都要让他学会一个不回来的生存本领。

空气里又弥漫起一股难闻的酸苦味，我骂了一声，赶紧关门关窗。

我记得你还贷日期是十六号。我看了一下日历，是明天啊。

杜正叹了一口气，愁眉不展。

还差多少？

杜正说，我再想想办法。

我知道，杜正只有一帮穷亲戚，这世道就是这么恶性循环。

我卡里还有十万元，我转给你。

不行不行，杜正说，去年那十万我还没还给你，否则，你那房子早该买了。

我说，房子早买晚买都是买，你贷款是非得还的，

第一辑　你不知道的事

否则，逾期你要被罚息，还要背上信誉不良记录，下次贷款可难了。

我们去了银行，我把钱转给了杜正。杜正喃喃地不知说啥好，我拍拍他的肩膀走了。我不想听他说感谢的话，他也知道，说什么话都是没有意义的。

这天，我把两桶水拎回家，这桶原来是盛色拉油的五升桶，这儿的人习惯把这种桶洗干净了装水。老婆又唠叨了，难不保这水也受了污染，反正我们又不会喝，你叫杜正下次不要拎来了。

我说了，可他还是每天拎来，我不好意思多说。

也就是你那样的人这么热悦帮他，二十万元钱，去银行买理财产品两年利息都上万了。

别说了，杜正是个好人，也是为了儿子，我理解他的。

老婆不再说什么了。其实我也知道我老婆是个好女人，换作别的女人，早吵嚷开了。

那天，杜正告诉我，明年儿子可以拿到国际注册认证会计师证书了，到时他就可以去找工作，收入会比较高，先把家里的债还了。一说起儿子，杜正两眼就放光，我知道，那是希望。

我儿子说，先在国外工作几年再回国内来应聘，有了这本证书和国外工作经历，就不愁国内没有大公司要他。那时，他会接我们过去，离开这个小镇。

我说，那好。你看，好日子马上就要来了。

杜正突然咳嗽起来，他从桌上抽了几张纸巾，揾了揾鼻子说，你瞧，连鼻涕都成黑色了。大林说，他老娘家那边农庄的果树今年大多枯萎了，活的也结不出果子

梦里有你

来了呢。

我说，眼光短浅，害人害己害下一代啊。

杜正说，阿民，我儿子带我们离开这儿的话，我一定把你们带去。我们一起离开这个地方。

我笑笑，点点头，说，好啊，我在这儿待了那么久，还真的想换个环境，去大城市呢。

杜正看着我，他的目光让我确定他是真诚的，而我，只是随口说说。我知道，对我来说那还是一件很遥远不确定的事。

下班了，杜正一直帮我把水拎回家。

够了吧，要不，明天我再多拎一桶来？

我连忙说，不用不用，真够了。

杜正满意地笑了，他向我挥挥手离开了。

我进了门，老婆把桶里的水倒进水池里，说，领杜正一份心意，这水只好用来洗菜了。

你不知道的事

章前导读：老渔民海生因为可怜那些遭遇海难的无名死尸，经常去海边转悠，并把那些"宝贝"葬在山上。直到那年打捞了最后一具尸体后，身体每况愈下，最后死去。只因他做的事，别人不知道，但他的良心知道。

第一辑 你不知道的事

海生原先是一艘船上的轮机长,有一年,他们的船行驶在海洋上,看见前面浮过来一个东西,海生用竹篙撩近一看,是具泡胀的死尸。船长说,那是宝贝,是遇难的兄弟,我们把他带回家葬了吧。

于是,船员们把死尸绑了拖在船后,上岸后,把他葬在山坡上。因为是无名死尸,竖的牌子上没有名字,只刻着捞上来的年月日。

也不知道是不是报恩的关系,那以后,海生那艘原先收成平平的渔船突然每到汛期都捞上大网头,没几年,成了村里的带头船。

海生老了,不再下海捕鱼,儿子在城里工作,孙子也上了初中,似乎一下子没他什么事了。空下来的海生每天在村里转悠来转悠去,不知道自己该干什么。

那天,海生背着手逛到了村头的山上,从山上望下去,渺茫的大海无边无际。突然,海生看见海滩边飘过来一个黑乎乎的东西,凭感觉,海生知道是什么了,他在山上折了根竹篙子,快步走下山去。

果然是一具死尸,身子肿胀得变了形,半边脑壳大概被海浪撞掉了,可怕得瘆人。海生找了个麻袋,铺在肩上,背上死尸朝山上爬去。

那原先葬无名死尸的山上已密密麻麻葬了十几具死尸,村里人管这里叫"义冢地",有胆小的不敢朝这儿走,说野鬼欺生,也有人说他们全靠了村里人才不至于死无葬身之地,感恩还来不及呢,怎么会捉弄村里人?

海生找来铁铲和旧被单,在山上挖了个坑,把裹了被单的死尸放入坑内,双手合十,说了些安息之类的话,

梦里有你

然后把坑填上土，踩结实了，又从附近折了些树枝，采了野花，做成一个花圈安放在坟头上。

老婆子女看海生一有空就去海边转悠，说他不会享清福，偏去干这种没人干的活。海生说，一个人死于海难已经蛮可怜了，连葬身之地都没有更加不幸，我就算做些好事积点阴德吧。

这以后，海生又捞上来过几具尸体，都葬在了义冢地。清明节，他买了酒和水果去墓地，点上香和蜡烛，祈祷他们早日超生投胎去。

这天，村里来了一男一女两个外地人，说是找海生。原来他们听说前几天有个叫海生的人捞上来一个年龄六十岁左右的男人，他们想看看是不是自己失踪多日的父亲。

海生就带他们去了墓地，打开来确认后，帮着把死尸装入棺材运上船只，那一男一女拿出钱要谢海生，海生无论如何都不肯收，直到看着那艘船开出老远，海生才怏怏地回了家。

那以后，也不知咋回事，海生再也没了捞尸的劲头，人一下子蔫了许多，不久生了病，卧床不起。

子女把他送入医院，医生检查来检查去，也查不出什么毛病，说大概是心病吧。

但海生啥也不肯说，只是经常做噩梦，半夜惊叫着醒来，怎么也睡不着了，一直坐到天亮，白天则昏昏沉沉地睡着，夜半又是如此。这样晨昏颠倒，不久人瘦得脱了形，奄奄一息了。

临死前，海生把老婆一个人叫到床前，说出了心中

第一辑 你不知道的事

秘密：那天他捞上来死尸后，在埋葬途中发现死尸腰上绑着一个油纸包，打开来竟然是一沓齐整整的人民币，总共一万元。因为被油布包着一点也没被海水浸湿，一念之差，海生竟把钱留下了。

可是，悔不该啊，海生说，那两子女来的时候自己还可以把钱交还，可他犹豫了，就这样眼睁睁地看着他们离去，永远失去了机会。

这病是惩罚我来着，我太贪心了啊。你说，我们家不愁吃不愁穿，我贪这一万块钱干什么。虽然这事你们都不知道，可我的良心知道哇。

海生在痛悔中离了世。

后来，海生老婆拿这一万块钱给那些葬在义冢地的无主尸做法事超度，每年清明节，她总是一个人拎着供品和香烛到墓前去祭奠。

一双不受约束的手

章前导读：城市的诱惑让他无法控制自己的手，一次次做出违背他心意的事情。他来到乡下，在近乎原始的生活中治好了毛病，重返城市，并声名大噪。然而，他的手又一次背叛了他。

他和一帮朋友在主人家里喝茶，他眼睛盯着手中的茶杯，似乎有些心不在焉。主人刚从法国留学回来，开

梦里有你

了一家画室。他曾经是主人的崇拜者，他也喜欢画画。

夜深了，他们从主人家里出来，回到住处，他才发现自己口袋里装了一样不属于他的东西，灯光下，那只瓷杯显出细腻通透的瓷质和青翠欲滴的蓝色花纹。他坐在沙发上，冷汗淋漓，回忆起刚才的情景，一刹那，主人盯着他现出惊讶的神情，然而，很快，他转移了视线，他脸红了，仿佛那件事是他干的。

他佝偻着身子坐在沙发上哭泣，用牙齿用力咬着两只白净修长的手，那双手有着过去烙下的点点瘢痕，烟烫的，锤子敲的，指甲抓的。他的无名指关节有些变形，那是上次从一位他敬重的长者家里出来，口袋里多了一样沾满颜料的画笔。他发疯似的撕扭着自己的手，从厨房里拿了一把榔头，朝着自己的手指敲了下去。

无数次，他用手使劲握着从冰箱里拿出来的冰块，他感觉两只手先是变得刺骨的冰冷，疼痛然后麻木，苍白的皮肤渐渐地充血变成紫色，他的手一度冻伤，好些日子不能抓住任何东西。

他觉得它们应该会老实些了，可是今晚，它们又做了不该做的事，仿佛那是一双长在魔鬼身上的手，它们不听从他的意志召唤，做一些令他羞愧得无地自容的事情。也许，他应该把它们剁掉。

他的一位好朋友知道了他的事情，劝他：留着你的那双手吧，它们还会有更大的用处。城市诱惑太大，去乡下吧，也许，那儿会治好你的病。

朋友在乡间有一间自建的屋子，他听从了朋友的劝

第一辑 你不知道的事

告,除了几件换洗衣服和颜料画笔,什么都没带。

　　他在屋前开了一片地,种花种菜,他跟着那些老农去很远的地方汲水,去很高的山上摘野果。渐渐地,他和他们打成一片,他们邀他去家里做客,烫酒烧菜给他吃。老农们的家里除了一垒土灶,砖搭的床,歪歪斜斜的桌椅,几乎家徒四壁。

　　两年过去了,他的手变得粗笨难看,骨节粗大,皮肤粗糙,外形看,他跟当地老农无异。在这个单纯的世界里,他欣喜地发现,这双手终于听从了他。

　　一个大雪纷飞的冬天,朋友找到了在草屋里饮茶作画的他,他本来是个籍籍无名的画家,反倒是他的经历让他的画出了名。朋友看着他在山上画的那些画,建议他下山去办个画展。

　　他看着自己的这双手,现在,他相信它们可以跟着他出关了。

　　不出所料,那些以他的两年生活经历为素材创作的画取得了成功,他们称他为隐修者,那些记者络绎不绝地来采访他,他又开始忙碌起来了,展览、演讲、电视台专访、出书等等。那年秋天,他被安排跟着主管文艺的副市长出访他向往的法国。

　　副市长烟瘾很浓,他有一个精致的烟斗,牛角材料,说是在国外留学的女儿给他带回来的,私下里,他喜欢叼着烟斗跟大家说话开玩笑,绅士味十足。

　　出访活动非常顺利,一星期后,他们回来,机场门口,副市长和大家一一握别。

　　他肩上背着一只大包,双手插在口袋里,眼睛看着

梦里有你

前方，对于副市长的热情似乎无动于衷。难怪，艺术家大多这种个性。副市长并不在意他的这种态度，他笑盈盈地走到他跟前，和他打招呼。

他看着眼前这双绵柔、宽厚的大手，心里突然一阵恐惧，这个世界的诱惑太大了，他实在不应该下山。慌乱中，他把插在裤兜里的手抽出来，一只造型别致的牛角烟斗跟着他的手从口袋里跳出来，落到了地上。一刹那，他的脑子一片空白。

青花瓷瓶

章前导读：彦霖看中了一只镂空的青花瓷瓶，却因制作人是小男孩心怀疑惑而错过购买机会。一年后，心怀歉疚的彦霖托好友前去青瓷镇购回男孩作品，却永远失去了机会。

月初，我去江南的青瓷镇，好友彦霖托我给她带样东西，说无论多贵都要给她买来。

她在微信上传了一张照片过来，一只镂空的青花瓷瓶，薄壁亮透，清净素雅。

彦霖一年前去青瓷镇旅游，在一家青瓷展厅看见这只青花瓷瓶，心下欢喜，边拍照边问烧窑的主人价格。这时，一个十来岁的男孩突然跑过来，大声报出一个数字。

第一辑　你不知道的事

彦霖觉得虽然有些贵，但还可以接受，正要掏钱，男孩自豪地说，这是我的作品！

彦霖狐疑地看了男孩一眼，长得瘦弱文气，半截衣服塞在裤腰里，几绺头发黏在冒汗的额上。

她把钱包塞进包袋里，又仔细端详起来。她打算把这个送给她的上司，一个酷爱青花瓷的男人。镂空青花是在瓷器坯体上通过镂空工艺雕刻出许多有规则的玲珑眼，然后施以釉烧制成洞眼成半透明状的亮孔，十分美观。彦霖虽然不是很内行，但她知道这需要手工雕刻技术，一个十来岁的男孩……

她唤过同行的一个男人，刘老师，你帮我看看这个。

刘老师把眼镜架在鼻梁上，摸了一阵，又瞧了一会，说，应该不错吧，我也不是很内行。

彦霖说，真是他做的？

窑主看了儿子一眼，说，这还有假？

彦霖伸出手指，说，既然我已经说出口了，就这数字吧，我买走。

窑主还在犹豫，男孩一把抢过彦霖手里的瓷瓶，大声说，不卖，少一分也不行！他的脸涨得通红，脖子上绽起了青筋。

彦霖有些尴尬，拿眼睛看着窑主，窑主笑了笑，他说不卖我也没办法，他亲手做的，他就认为值这个价。

男孩把瓷瓶放在柜台上，说，我不卖给不懂欣赏的人。

这话惹恼了彦霖，头一次被一个小孩子奚落，她说，不卖就不卖吧。扭头就走。

梦里有你

青瓷镇满大街都是这样的瓷器，还怕找不着一个相似的瓷瓶？彦霖憋了一口气在镇上的店铺里进进出出，可也怪了，也许是第一眼入了脑子，她脑海里浮现的都是这个青花镂空瓷瓶的样子，别的瓷瓶她不是嫌这个不好，便是觉得那个不满意。

彦霖有些后悔，当初不还价买来便是了，差几百元也不是多大的数字，也怪自己倔脾气，跟一个小孩子较什么劲呢？

刘老师看出了她的心事，说，我看还是那家店铺的瓷瓶吧，我帮你去买。

彦霖说，算了算了，我也不是非要买。

于是，在其他几家店铺里挑挑拣拣，买了一堆瓷器回来。

晚上，当地的朋友做东请彦霖他们几个吃饭，席间说到那个做瓷瓶的小男孩。

朋友说，他可是我们这里的小名人哦。他家祖传烧窑技艺，从小耳濡目染，做了很多瓷器，卖出的钱都捐给了贫困山区的儿童，上个月，省电视台还专门为他做了一个节目呢。

彦霖听到这儿，不由自主红了脸，恨不得找个地缝钻进去。

听了彦霖的叙述，我不由笑起来。彦霖家庭富裕，自小被宠，人生经历几乎都遂着她心愿过来的，怪不得她要跟一个小男孩较劲。

我说放心，我一定帮你买回那个瓷瓶，买不回来至少也带几样小男孩的作品回来。

第一辑 你不知道的事

在宾馆安顿好,我按着彦霖给我的地址打了一辆的过去。

我走进这家叫作翠墨轩的店铺,店里似乎没有人,我自言自语了一声:有人吗?

一个男人从地上站起来,原来,他在整理底层货柜的瓷器。

我把照片给他看,问,这里是否还有这个男孩做的作品?

店主脸上的笑容黯淡下来,说,没有了,只有一件我们还留着,不卖的。

我说,我是受人之托,价格你来定。

店主依然摇头。

我只好把彦霖的故事和盘托出,并说知道了他孩子的事迹,真了不起,现在是否还在做瓷器?

店主看了我一眼,进屋,一会儿,他出来,手里拿着一张报纸。

我接过,A版上有一个报道,青瓷镇合路小学开展慰问贫困山区留守儿童活动,为大山深处的孩子们送去冬日的温暖和新年的礼物……汽车坠下山崖,车上8人不幸遇难。

我没有仔细看下去,我走出店铺,恍恍惚惚地一路走到了宾馆,感觉脚疼,脱下鞋子,脚上起了一个大水泡。

我要想想,回去后该怎么跟彦霖说?

梦里有你

和父亲散步

章前导读： 貌似严厉的父亲为了使应酬繁忙得了"三高"的儿子锻炼身体，故意不动声色带他去散步，直到气喘吁吁跟不上父亲脚步的儿子意识到自己的体力，明白了父亲的苦心，决定和父亲每晚一起来散步。

晚上，吕南靠在沙发上闭着眼睛想心事时，父亲来了。

父亲总是忘记按门铃，他喜欢在门外喊他的名字，直到他把门打开。

父亲喊："南南！"这个名字自他出生起一直叫到现在，吕南想，假如父亲长寿，等他也成了白发苍苍的老头时，自己是不是仍然被这样叫着。一个老头被唤作"南南"，总有点滑稽和别扭。

"你在干什么？"父亲问。

"没什么，坐着。"吕南很忙，几乎不在家吃饭，今晚总算找个借口推脱了那些没完没了的应酬。

吕南给父亲倒了一杯茶，两人坐着，什么话也没说。吕南的房子很大，当初，吕南要父亲搬过来住，父亲说两代人的生活习性不同，时间长了彼此都过不惯。只是，他卖掉了原来的房子，买了一套跟吕南相近的房子，彼此间只需十分钟的路程。

一会儿，父亲站起来。

第一辑　你不知道的事

"您要去哪儿？"吕南问。

"到周围去散散步。"

"我和您一起去吧。"

"外面冷，披件衣服。"父亲用一种看似淡漠的语调说。

吕南跟在父亲后面。想起小时候，调皮贪玩的他总是被父亲揪着耳朵回家，他号叫着大哭，一点也不顾忌路人异样的目光。父亲的手劲很大，每次，他的耳朵都要疼好几天。吕南注视着父亲微驼的身影，现在，他比父亲高多了，壮实多了。他有点悲哀地想：父亲确实老了。

"日达园那边开了家健身馆，今天我去那边看了下，年轻人很多。"父亲停下来，等吕南走上来时说。

吕南发现自己的一双手在按摩耳朵，"过两天我要去山东参加一个会议。"

"去多久？"

"一个星期左右吧。"

"单位还是这么忙？"

"是，很忙……有时，我感觉自己疲累极了。"吕南说完有点儿后悔，他觉得自己是在向父亲示弱。从小父亲就希望他是个强者，所以，他对他的教育方式近乎是粗暴的。

父亲挑了一下眉毛，没吱声。他们绕着小区外围慢慢地走。那条道路，原先是水泥路，后来改成了黑色的沥青路，即使白天，目光及处，感觉周围也是阴沉沉的。吕南每次开车经过总有这种感觉，他喜欢白色洁净的水泥路。

梦里有你

"尽量少喝酒,少出去应酬。等年老了人才会明白,只有健康是自己的。人再强,也强不过病痛。"

吕南和父亲又走回到了小区入口处,父亲似乎并没有打算往里走。吕南跟在后面,渐渐追上了父亲的步伐。他们走向小区对面,那儿有一条河。他们站在桥中间,桥下的水在黑暗中似乎凝固了,随风飘过来一阵河水清洌的气息。

"这儿冷,我们走吧。"吕南见父亲没戴帽子,便催他。

"冷吗?"父亲看了他一眼,自顾自地走下去,他的脚步迈得大起来,双臂有节奏地挥动着。吕南只好跟上,不一会儿,便气喘吁吁了。

他们走下桥,然后走过国安大厦,茂沿街,风华路,吕南的脚步渐渐滞缓起来,他强撑着跟上父亲。父亲回头看了他一眼,慢下来,但他依然往前走,似乎不想停下来。

终于,吕南上气不接下气地追上父亲,说:"我们……回去吧。"

父亲点点头,说:"好。"

吕南松了一口气,感觉后背汗水涔涔,脑额上的汗水流进了眼睛里,样子很狼狈。

父亲说:"我那天看了你的体检单,'三高'了吧?"

吕南看看自己圆滚滚的肚皮,无奈地点了点头。

"你这么胖,再不运动怎么行?"父亲看似漫不经心地说。

两人又绕回来,他们在小区门口分手。

父亲说:"我回家了。"

吕南看着父亲的背影,突然喊了一句:"爸,你明天有空吗?"

父亲转过头,看着吕南,等着他说话。

"明天还来陪我散步,好吗?"

父亲笑了,大声说:"好!"

雨 儿

章前导读: 罗毅娶了和他年龄相差近二十岁的雨儿,因此,他的好朋友,雨儿的父亲和他断绝了关系,也拒绝原谅女儿。直到一个下雨天,雨儿和她的儿子上门,一双温软、柔嫩的小手牵住了他粗糙的大拇指,喊着"外公抱抱"……

一天,罗毅下班回家,看见雨儿在哭。

"怎么了?"

罗毅看到桌上有一张被粗暴剪断的照片,那是他们的结婚照,现在只剩下他一个人在那儿有些傻傻地笑着。旁边是一封信,他抽出纸。

"我把你的照片留下来了,跟我无关的还给你。"

罗毅看了看那张残缺的照片,说:"别哭,让我们再试试其他办法。"

雨儿说:"都这么久了,我以为他会回心转意。"

梦里有你

是啊。罗毅也这么认为。雨儿母亲早逝，他的父亲一直孤身一人生活。罗毅曾提议把他接来和他们一起同住，遭到了他的激烈反对。

"我不跟那个偷走我女儿的贼住在一起。"他愤愤不平地对雨儿说。

罗毅和雨儿的父亲原先是好朋友，两人都虔诚信佛，经常在一起探讨佛法。那年罗毅四十二岁，未婚，雨儿二十三岁，刚参加工作。雨儿的父亲一直搞不明白，这个被雨儿唤做叔叔的好朋友是何时看上他女儿的，而他女儿又怎么会喜欢上这个貌不惊人、一贫如洗的中年男人？

当雨儿说要跟这个年龄足可当爹的男人结婚时，他差点晕了过去。贼，偷走我女儿的贼！还好意思说遇到雨儿改变了他一生的信仰。雨儿父亲想到这，便憎恨地连连往地上吐唾沫。

大半年，他都不敢往大街上走，怕人家问起来，他这张老脸往哪搁哦。

因为憎恨那个背叛了他们之间友谊的男人，雨儿的父亲也拒绝雨儿的上门。

那天，雨儿带着一大包东西去看父亲，他把它扔了出去。他看见女儿怀有身孕的肚子，想到里面是那个男人的种，憎恨厌恶再次涌上心头。"不要认我这个父亲，我也没你这个女儿！"他把哭哭啼啼的雨儿赶出了家门。

罗毅劝慰雨儿，"你父亲本质善良，只是脾气倔了点，别难过，等生了孩子，也许情况会好些。"

罗毅给雨儿父亲打过几个电话，但一听到他的声音，

第一辑　你不知道的事

雨儿父亲便"啪"地搁了电话，连一个字都不想听。

有一天，雨儿的父亲收到一封信，他瞟了一眼搁在桌上，仍做着手里的活儿，但他开始有些心不在焉，时不时往桌上瞟一眼。终于，他走过去坐在椅子上，把信拆开来："我和雨儿的儿子，经常在家里叫外公，嚷着要见外公。我知道我的行为伤了你的心，你不原谅我没关系，但我恳求你让他们母子俩见见你，好吗？"

"哼，原谅你，怎么可能。"雨儿父亲把信纸揉成一团，狠狠地扔到地上，想起以前他跟雨儿在一起的日子，多好，是这个男人害得他们父女变为陌路。他把纸条扔进了火炉，解恨地看着它变为灰烬。

有一天，突然下起雨来，早上天气还是阳光普照好得很呢，这老天爷的脸咋说变就变了呢，雨儿父亲嘟囔着走过去关窗户，这时，他看见雨儿抱着一个男孩步履蹒跚地走进了院子。雨儿看见了他，叫："爸。"她转头跟男孩低声说了一句什么，男孩挣扎着从母亲的怀里跳下来，看着他，笑了，然后，跌跌撞撞地向他跑过来。

雨儿父亲呆了一下，别转头，有点六神无主，突然，他感觉一只温软、柔嫩的小手牵住了他粗糙的大拇指："外公，外公抱抱！"

雨突然下得急促起来，噼噼啪啪直往窗户上撞，雨儿父亲禁不住叹了口气："天意啊。"他抱起外孙，对着外面门口站着的雨儿说："进来吧。"

梦里有你

孝 子

章前导读：被唤作陈老的画家喜欢画画，获了很多奖，还开画展，作品接二连三被人买走，很是春风得意。直到最后，揭开谜底，原来，他有一个孝子。

大学生小李第一天到文化馆报到，馆长就叫上他，走，咱去拜访一位著名的画家，别忘了带上相机。

看着小李受宠若惊的样子，办公室的几个人偷偷地朝他挤眉弄眼，捂着嘴窃笑着。

画家的房子是个带院子的二层楼，正是春天，院子里的蔷薇花爬满了墙头，闹盈盈地绽放着，煞是好看。院子里有人工假山、葡萄架，一些造型别致的盆景。小李看得有些眼花缭乱。

一个面容白净的胖老头从屋里走出来，馆长笑容满面地握住了他的手，指着小李说，陈老，这是我们馆新招来的大学生，不光画得好，文章也写得好呢。这不，今天特地来拜访您老。

陈老搓着两手说，太好了，那你们先坐着，我去给你们倒茶。

馆长说，您别忙乎了，楼上是您画室吧，我们小李还没参观过，让他去见识见识，开开眼界。

陈老拿着一串钥匙领他们上楼，他说上个月画了两幅作品被别人买去了，最近构思了一幅作品，才画了一半呢，就有好几个人来订购。唉，年纪大了，精力不济了，照他们这样子急着买我的画，我哪有那么多时间画哦。

画室看起来有二十多平方米，墙上挂着十来幅画，陈老指着画说，那些人连这些画都要给我买去。我不肯，这是我的得意之作，我总要给自己留些做个纪念。

听说，下半年您要开个画展？

可不，你看，我哪来得及，这不是在逼我嘛。所以，现在出再高的价我都不卖喽。陈老看似埋怨，脸上却堆满了慈祥满足的笑容，看样子还是高兴。

馆长说，您老最近又有什么大作获奖了？

有啊，来，到我书房去。陈老踱着方步领他们到书房，他在书房里翻箱倒柜，一会儿，捧出一大堆的东西，馆长帮着一件件摆在桌子上，椅子上。

小李从来没有见过一个人有这么多的获奖证书，他刚才看过陈老的画了，但不知道他到底得了什么奖。

世界华文画苑大奖赛金奖、全球画家十强、年度画家典藏、中国文艺杰出成就奖、世界艺术名人……

小李明白了，差点要笑出来。

馆长说，开眼界了吧，陈老不光是我们镇的荣耀，他的名气还遍布全世界呢。多拍些照回去，让大家好好学习学习我们陈老老而弥坚的精神。

陈老慈眉善目地笑了，不好意思啊，这些成绩不值得宣扬。

冬天的时候。有一天，馆长说，明天馆里所有人都要到文化展览中心去参观一个画展，参观时间不长，大家要注意分寸。老画家不容易，知道吗？我知道有些人不想去，我告诉你们，这也是工作，很重要的工作。

梦里有你

小李和同事赶到展厅的时候，已有很多人在那里。电视台的记者举着摄像机正对陈老采访。陈老今天西装革履，满面红光，正滔滔不绝地谈着他的创作历程。突然，小李看到一个熟悉的身影。咦，那不是陈书记吗？怎么，他也来了？

同事轻声说，老爹开画展，儿子能不来？

他是陈书记的爹啊？小李恍然大悟。

有一天，小李到陈书记办公室去，无意中发现角落里堆着一些画，仔细一看，正是那天开画展时陈老的那些画，他有些不解，又不好明问，带着这些疑问，回去后跟馆长说了。

馆长笑着说，陈书记早年丧母，那老爷子一直没娶妻，把他养大。为哄老爷子开心，陈书记给他出书，开画展，买奖状。老爷子被哄出了毛病，还真以为自己无人能及呢。陈书记暗地里把老爷子的画都买下来，这些年，几乎把自己的工资都贡献给老爷子了。

小李不由感叹了一声，想不到，陈书记是个孝子呢。

我的号码去哪儿了

章前导读：痴迷买彩票渴望中大奖的我用了各种方法对彩票进行研究，并决定对几个自我感觉好的数字进行守号。直到有一天出差遭遇小偷，手机钱包被窃，欲打电话求救，却发觉一个电话号码也想不起来。

第一辑 你不知道的事

　　三年前，我开始购买体育彩票。我买彩票缘于我办公室的一个同事，那个同事是个彩票迷，从二十年前的摸银行奖券，到后来的民政局即开型福利彩票，再到现在的各种数字型彩票，一直没间断过。也真是让他撞过好运，家里的那台西湖彩电便是他的辉煌战利成果。这件事曾在八十年代末的县城轰动过一阵，我的同事一下子成了名人，也使他后来迷上了买各种各样的彩票。

　　缘于我对彩票的一窍不通和我的经济收入，我选了几番后，最后定下只买一种：6+1数字型体育彩票，每期十元，雷打不动，当然都是机选。因为我上学时数学成绩特差，对数字不敏感，更谈不上自信。也真是好运，买了两个多月后，终于中了。虽然只是五元，但也是高兴得不得了。试想啊，全省好几百万的彩民，中五元的才十几万啊，我是不是真的好运降临？

　　为了加强对彩票的深入研究，我每天都会去浏览体彩网，上面常常会报道那些中奖彩民的经验。比如偶尔的数字灵感啊，自己和家人的生日组合啊，私家车和单位的电话号码啊，有个人甚至用他和情人第一次见面的日期买彩票中了大奖。世界之大，真是无奇不有啊。

　　由于我天天沉醉在数字里面，我对数字渐渐也开始敏感起来。比如某天在接了电话之后而对方恰巧又报了一串数字的话，有时是电话号码，有时是一串报表统计数字，我把它们记录下来，然后加以组合，总共组合出四组，我于是用这些数字去买彩票。两年多过去了，它们回报我的最好成绩是某次中了二十元，然后我高兴地用这二十元请了一回客——请我那位同事吃了一顿

梦里有你

早餐。

去年奥运前夕，我通过在银行工作的好友透露的消息，想在这天下午购买奥运纪念钞。我向领导请了年休假，从这天早上的八点开始排队直到下午三点左右，终于领到了一张写着编号68的白纸条，差点被人挤扁在银行厚重的玻璃大门前。好在，那张吉祥的号码让我买到了一张十元纪念钞。那真是来之不易啊，从几万人的购买队伍中，我凭着单薄之力拼得这一张百年奥运钞，而且一看号码，我当时就喜呆了：1828928。我对它一见钟情，立刻决定今后对它守号。

我的QQ账号、电子邮箱、信用卡、工资卡、论坛，所有的密码全都使上了这个号。真是一个密码走天下啊。我的记忆力超不好，这下，我绝对不会忘记了。

我发现在开会无聊和一个人发呆的时候，我都会不知不觉地反复写下这组号码。某天，我的一个客户问我的联系电话，我一个顺嘴溜就把这串号码报给了他。当知道后果后我吓出一身冷汗，我好不容易联系上他，装作不经意地问："那号码还在吗？怎么也不见你给我打电话？"

幸好，那位老实的客户不好意思地说："我不小心弄丢了，怎么也找不到哇。"

我下决心忘掉这串号码，免得弄得自己倾家荡产，身败名裂，论坛上我也有几个劲敌呢。但这显然很难，因为我还在期期不落地买这注号码，它不仅印在了我的脑子里，我相信更刻在了我的骨子里。

今年初夏，我去邻省出差，回来途中遭劫。小偷把

第一辑 你不知道的事

我身上所有的钱物都搜刮一空,这下,我可真是身无分文了。我搜遍了口袋,终于在裤袋缝里摸到一枚幸存的硬币。这是我回家的唯一希望啊,我高兴地在公用电话亭里拨通家里的电话号码,可话筒里总是冷冰冰地提示:对不起,您拨的号码不存在。我不相信,又反复拨了几次,依然还是那个提示音。

天哪,我这才想起来,这是1828928。那么,我家里的号码是多少呢?而且,我竟然记不起一个我亲友或同事的号码,它们都被储存在手机里奉献给小偷了。

我搜肠刮肚,终于想起来几个号码,但拨打过去,都不通。最后我才明白了,那是我守了三年的彩票号码。

我握着话筒站在那里,脑子里一片空白。

钟点男工

章前导读: "我"在一家家政服务公司当钟点男工,专门为主妇们服务。某一天,遇到一个中意我并要求特殊服务的富婆,并提出了丰厚条件。于是,我做出了一个决定……

这次接单的客户在茂名路的一幢别墅楼,我依稀觉得眼熟,待按响电铃的那瞬间,那些往事突然从记忆里清晰跃现,想要回身已然来不及,我似定格般愣在那里。

"呵,你来了呀。"她打开门,嫣然一笑,侧身站

梦里有你

在那儿。

"听说你家插座坏了?"我立马换了一副殷勤的笑容。

"是啊。"她把我领到卧室,我犹豫了一下,还是跟了过去。她坐在床沿上,随手指了指床头边,我蹲下身,从工具包里拿出工具,干起活来。

房间里很静,只有工具的轻轻触碰声。突然,她轻笑了一下:"瞧你,天又不热,怎么满头大汗哦。"我用手抹了一下脸,果然,手心湿漉漉一片。

她坐在那儿,看着我"咯咯咯"地笑起来,越笑越开心,震得床铺乱颤。

幸好插座修好了,我手脚麻利地收拾好工具包,站起来,走出卧室。她跟在后面说:"洗个脸吧。"

"不用不用。"我忙说。

她半推半搡地把我拉进卫生间,指着墙上的镜子说:"你这样子,怎么陪我上街哦。"

我这才想起,微微是这么交代的。我洗了脸,换掉外面的工装连衣裤。镜子里的我,西装、领带、皮鞋,一副帅气潇洒的模样。看得出,她很满意,说:"这样就对了嘛。"我们下了楼,她从车库里开出车,然后载着我朝市中心开去。

我陪她买了一大堆的衣服,然后在蓝湖茶吧喝茶。我们随意地聊着天,湖边的柳树正绽着鹅黄的嫩芽,随微风摇曳着,风过处,白色的柳絮轻轻地飞扬起来了,洒在湖面、草地、桌面上。她从我的衣领上拈起一朵柳絮,鼓起嘴唇吹了一下,开心地说:"瞧,它又飞起来啦。"

> 第一辑　你不知道的事

在别人眼里，或许，我们也是一对吧？

但我马上想起了我的职业和职责，我看了看表，说："该回家了吧？我还得为你烧饭呢。"这是她指定的最后一道服务项目。

她有些意犹未尽地站起来，伸了个懒腰说："真不想走了，就坐在这儿，一直坐到天明。"

回到别墅，我脱下西装，从冰箱里拿出鱼、肉、蔬菜，一道道烹煮起来。

我唤她吃饭的时候，她大概刚洗完澡，头发湿漉漉的，身上穿了一件很性感的粉红色睡袍。她看见我又穿成那样，皱皱眉，但没说什么，还是坐下来，对每道菜都略微尝了尝，然后放下筷子，说："大路，你到我公司谋个职位，或者做我的管家吧，比你做这强啊。"

我想起第一次上她家她提出的特殊要求。快一年了，我以为她不会再找我了。

我说："你的那些建议我可以考虑。不过，嗯……让我回家跟我老婆商量一下。"八点钟的时候，我走出别墅楼。这时，我接到微微的电话，"大路，天湾区湖滨路41号李婆婆家的电灯不亮了，你顺道过去修一下吧。"我答应着，摩托车拐了个弯，朝湖滨路开去。

顺便说一下，微微是我女朋友兼老板。那天，我在为她寝室的墙上钉隔板的瞬间突发奇想，于是，我们成立了这家钟点男工家政服务公司，专门为主妇们服务，现在生意兴隆，微微每天接电话接到手软。所以，我怎么会有兴趣到她的公司去呢？

梦里有你

生于六十年代

章前导读：生于20世纪六十年代的妻子因为想写小说，而对丈夫提出不买菜、不做饭、不打扫房间的要求，却苦于没灵感写不出来。丈夫带妻子去看望一个也是生于20世纪六十年代的隐者，想让她从中找到创作题材。妻子能不能完成这篇小说呢？

双休日，我对路易说："这两天我不买菜、不做饭、不打扫房间。我要写小说。"

路易说："行，我知道你一写小说就要实行三不政策。"

书房里，我打开电脑，敲下一行字：生于六十年代。昨晚，我想到这个标题，觉得挺好，有很多值得写的文字。当然，要写成一篇小说，需要一番构思。

半个小时过去了，我还不知从何落手。于是，我站起来，在书房里来回踱步。当然，我和路易都生于20世纪六十年代，我们经历了"文革"、粉碎"四人帮"、改革开放、下海、企业破产下岗、炒股、房价高涨、腐败现象……想到这儿，我的头有些大起来，那绝对不是一篇小小说题材。

外面传来关门声，路易买菜回来了。一会儿，他端来一盆洗干净的草莓，"老婆，写东西最耗精神了，让

> 第一辑　你不知道的事

你补一补。"说着跑到电脑前张望了一下。

我有些尴尬，拿了张报纸遮住屏幕说："去去去，别来打扰我。"

忘了在哪里看到的，说生于20世纪六十年代的人，正在长身体时吃不饱，长知识时逢十年动乱，有点高傲又有点自卑，有过崇高理想又喜欢怀旧，对国家讲忠诚，对朋友讲厚道，对工作认真仔细，相信2000年实现四个现代化，这些人现在都已步入了中年。于是，我想到了谌容的《人到中年》。不对不对，我的思路又跑偏了。

我坐下来，看着屏幕，想了一会，敲下一行字："云出生于六十年代。"

"老婆，吃饭了。"路易叫我。

思路又卡那儿了，云有什么样的个性特征？接下去该怎样展开故事情节？我又站起来，在书房里来回踱步。

"老婆，菜要凉了。"路易又叫了一声。

我看了看时间，十一点五十分，一上午，我才写下一句话，而后吃饭、洗碗、睡午觉、看电视、再吃饭、再睡觉，这就是生于20世纪六十年代人的生活？

"老婆，我饿了，你不吃我也不能吃了。"路易有气无力地叫。

我有点烦躁，想到两天的时间只剩下了一天半，我大声说："我不饿，你先吃！"

路易过来了，他站在门口看着我说："写小说是不是像母鸡生蛋那样难？"

我忍不住笑了，说："我写作比母鸡下蛋还难，没灵感愣是憋也憋不出来。"

梦里有你

路易说："先吃饭，下午我带你去见一个人，保准你会有灵感。"

我不相信，继续坐在电脑前作一副苦恼状。

"那人也生于20世纪六十年代。"路易说。

吃完饭，路易带我去了一个地方，车子停在山脚下，我们爬上去。半山腰上，我看见两间低矮的民房，白墙黑瓦很不起眼。推开木门，里面是一个很大的院子，种满了海棠、杜鹃、牡丹、君子兰等很多花草，还有一些石榴、李树、桃树、樱桃等果树，靠山墙的那边，主人开出了一片田地，种着些韭菜、青菜、黄瓜、卷心菜等时令蔬菜。

主人正在田里拔草，看见路易，连忙站起来，很热情地把我们迎进了屋。屋里有一些木桌木椅，简单的家具，但收拾整洁。

喝了主人泡的菊花茶，随意聊了几句，路易说："我老婆也是个书呆子，想去你的书房看看。"

我有些惊讶，直到进入书房，果真是嘴都合不拢了。四面书架上皆是书，那些书一直码到了屋顶，唯中间放着一张床。以前听说过坐拥书城，今日一见，果真名副其实。

我刚才进来的时候看见院子里有很多奇形怪状的树根，就问主人，是不是喜欢根雕？主人兴致勃勃地带我们去后院，那里摆着一些栩栩如生的十二生肖根雕，造型生动逼真，简括凝练，各个部位与整体和谐。我看得有些呆，想不到乡野里居然还有这样一位隐世高人。

第一辑　你不知道的事

下山时，路易告诉我，那人毕业于国内一家著名高等学府，20世纪八十年代下过海，赚了不少钱，九十年代开始写书，出过十多本书，在国内一度很有名气。再后来，他选择了隐居生活，在这里，已经五年了。

我说："以前，你从来没有跟我说起过。"

路易说："对于一个不太喜欢被人打扰的人，知道的人越少越好。"

晚上，我打开电脑，看着屏幕，敲下一段文字。我不知道，我能不能写好这篇小说。

荆　庄

章前导读：在梦里，我总是看见一个年轻的男子微笑着和我一起散步，而现实中我从来没见过他，不知道他是谁。直到有一天，我看到了一张和梦里一模一样的照片，在婚期即将来临的日子，我去荆庄找他。

我经常做梦，这并不奇怪，每个人或多或少都会做梦的。可是有一段日子，我反复做同样的梦，醒来后细细回想，仍清晰如常，我不得不在日记里记下这个梦。

那是个阳光弥漫的午后，我来到一座尖顶房子前，房子四周环绕着郁郁葱葱的大树，门前是一道矮矮的白色栅栏，攀附着绿色的藤蔓，曲径小道上铺着鹅卵石。

梦里有你

我走到有着四条柱子的门廊前，轻轻地敲了几下门，门开了，是个年轻的男子，他微笑着看着我。我们仿佛早有默契似的，一起走下台阶。房子的正前方有块宽阔的草坪，我们在那儿散步。我不知道自己说了些什么。好像都是我一个人在说，而他，只是低下头看着我微笑着听，笑容里满含着慈和、快乐、深情和欣赏。我的梦总在早晨五点钟的时候醒来，我看着钟，脑子里全是那个男子的微笑。二十八年来，我第一次感觉到了幸福和柔情蜜意。

心理学家说，梦往往是现实心境的反映，可我从来没有见过那个男子。那时我正和洛夫谈恋爱，已到了谈婚论嫁的地步。

"快要做新娘了，你怎么越来越瘦？"那天，洛夫见我神思恍惚地倚在窗前想心事，冷不丁地说了一句。

我吓了一跳，怔怔地看着他，想着是不是告诉他关于做梦的事情，可我知道，洛夫是不会相信的。

洛夫说，他的母亲已到瞎子那儿替我们算了结婚日期，是下个月的二十六号。我含糊地应着，不知道自己是否做得成新娘。

每晚，我继续做着同样的梦。我肯定自己与那个男人有过渊源，否则，为什么他总是夜夜入我梦怀？我决定去寻找他，寻找那座梦境中的房子。

我先是坐车去了郊区，我想当然地认为那样的房子应该是在那儿。我向行人反复叙说着房子、栅栏、草坪，可他们都一脸茫然地摇摇头走开了。

日子一天天地过去，只剩下三天就是我和洛夫成婚

> 第一辑　你不知道的事

的日子。我和洛夫已经拍了结婚照，我知道自己那副伴装的笑容里掩藏着的是颗落寞、忧伤的心。洛夫在电脑里摆弄着那些照片，他很兴奋，叫我过去看。我懒懒地瞥了一眼，突然，我的血液仿佛凝固了，我看见一张照片的背景同我梦境中出现的一模一样：绿色的草坪、白色的栅栏、尖顶的房屋。

"这是哪儿？我们并没有去过啊？"

"是A市的荆庄啊，我瞧着风景不错，拿来当婚照背景。"洛夫说。

荆庄。荆庄。我心里默念着这两个字，突然一股奇异的暖流涌遍全身：荆庄的房屋、树木、街巷、河流像一幅幅画依次在我眼前闪过，莫非前世，我曾经就是那儿的人？

那天，我跟谁都没打招呼就去了A市荆庄，我知道去那儿来回就要三天，可我顾不上这些，否则，此生我都不会安宁的。

黄昏的时候，我终于找到了那幢梦境中的房子。屋前参天的白杨树正随风摇曳，婆娑起舞，道旁的花丛里迷漫着清新的芳香。我立在门前，激动得快要窒息过去了。那是一扇栎木制作的浅色大门，门面上雕刻着玲珑凹凸的花纹。我按了门铃，一会儿，门开了，那个梦中的男子微笑着站在我跟前，他说："是你。你终于来了！"

蓝绸伞

章前导读：丈夫送给妻子一把和情人一模一样的蓝绸伞，妻子蒙在鼓里，非常开心。直到有一天出席酒会，看到一把和她一模一样显然是拿错了的伞，刹那间，心中所存的疑惑全明白了。

那是一把小巧玲珑的伞，湖蓝色的伞面上印着"三潭印月"的景色，仿佛月夜下，潭在湖波粼粼中如处子般的宁静和风姿绰约，伞骨架用一根根象牙色的细竹撑开着整个伞面，像是湖上绽放的一朵伞花。妻子把伞架在肩上，张开手臂，做了一个舞蹈的动作，笑着问他："好看吗？"

他点点头，说："好看。"一顶伞就能把这个女人哄得如此开心，他渐渐抹平了初始心中对她不忠的愧疚。

是她陪他去的那个雨伞镇，雨伞镇因生产各种各样的雨伞而出名。他去的那个雨伞铺有个宽敞的院子，院子里晾满了异彩纷呈的雨伞，如春天田野里盛开的花朵。

他和她同时选中了那把湖蓝色的绸伞。他买了两把，一把送给她，一把带回家。每次都是这样，他送她一件礼物后必定要带回同样的一件给妻子。

他们的来往并不因时光的流逝而中断，却如酽酒般越发醇厚。爱是不要天天相对的，朝夕相守无疑是爱情的杀手。她也有自己的家庭，跟他一样，都很满意现下

第一辑　你不知道的事

的关系。

　　他妻子出差的第二天,她去了他家。出来的时候,门外正"哗哗"下着大雨,雨滴溅在地上跃起一朵朵欢快的水花,烟尘似的水气弥漫过屋前,道旁的树绿得像上了油似的晶莹发亮。他们依偎在一起,默默地站了一会儿。他从屋里拿出那把蓝绸伞,递给她,她看了伞柄上那条熟悉的鹅黄色的流苏,无声地笑了。

　　过了一星期,他下班回家,见窗口上挂着那顶熟悉的蓝绸伞,心中一暖:她的确是一个与众不同的女子。这样想着,心中更增添了一份对她的思念。

　　妻子出差回来了,他们都有一种久别重逢的喜悦。妻子在客厅、卧室间转悠了一圈后说:"我不在家的日子,你还听话吧?"

　　他笑了,他懂得妻子的意思,说:"一个人也没来过。我每天早出晚归,谁会上咱家啊?"他工作的单位离家很远,不到天黑,他是到不了家的。妻子信了他,一头扑进他的怀抱。分离了一月的妻子,仿佛变得更为妩媚和温柔。他搂着妻子,心里又想起那个女人。幸福如潮水般涌上来。他觉得一个男人拥有了自己满意的女人,就仿佛拥有了乾坤般的踌躇满志。

　　江南的梅雨季节,雨就像一个多愁善感的女人眼里的泪淅沥不断。妻子整天带着那把别致的伞去上班,引来了很多人艳羡的目光。

　　那天,他收到一封开同学会的请柬,上面还说需带各自的配偶。他交代妻子到时打扮得漂亮点。其实他不说,妻子也会如此。谁不喜欢鹤立鸡群、引人注目呢?

梦里有你

他站在门口等妻子,蓦然发觉天下起了小雨。他喊着她的名字叫她带上伞。不一会,妻子就娉娉娜娜地出来了。一套黑色的晚装,果然光彩照人。

妻子把伞放在酒店的雨伞架上,蓦然发觉,那儿挂了一把与她一模一样的雨伞,心下一惊,就暗暗地留意起来。

晚会结束的时候,她终于发现那是一个年龄与她相仿的女人,气质非常好。门口,女人挥了挥雨伞上的水珠,优雅地打开伞。伞面上有一个不起眼的补丁,是用一块蓝色的真丝布补上去的。颜色稍深了点,如果不仔细看,怕是瞧不出来的。一下子,如五雷轰顶般,妻子惊讶地张开了嘴,看着身边的丈夫,他那张迷茫的脸一下子变得陌生和可憎。

那天,她不小心把伞钩破了一个洞,她怕丈夫知道了心疼,就没告诉他,悄悄用自己做衣服剩下的边角料补上去。她是个有心机的女子,自她发现那把不明来历的雨伞后,就一直没有声张。她做了很多种猜想,最后归结为一种可能。原来,那是真的。

▶ 第二辑　有人抓住了她的脚踝

第二辑　有人抓住了她的脚踝

　　分类导读：下午四点，她收拾好书乘电梯下楼，停车场里挤挤挨挨停满了车子，她好不容易找到车，拿出钥匙。这时，她的脚踝被一样什么东西缠住了，低头一看，她本能地惊叫起来，是一只从车底下伸出来的手抓住了她的脚踝。

　　把包放下！从那双长满汗毛的黝黑粗壮的手里传出恶狠狠的声音。

无处清静

　　章前导读： 林蒲生因为生意破产想自杀，他选择了浙北某山区，以为偏僻清净无人知晓，谁知被村里人当成通缉犯，想死也死不成。最后，他不得不拨通了电话。

　　汽车摇摇晃晃在一个偏僻山区的道旁停下了，林蒲生想：就这儿吧。

梦里有你

他一个人下了车，四周很冷清，只有凌厉的山风呼呼地刮着。进村的时候，他看见几个老人坐在太阳底下晒太阳。林蒲生避开那几个人，选人少的路走。渐渐地，他爬到半山腰了。那儿，有一片茂密的竹林，青翠欲滴，四周很静，只有满山的翠竹在风中摇曳，发出动听的声响。林蒲生从口袋里掏出刀子，在竹林间的空地上蹲下来，慢慢地挖了起来，不一会，就挖出了一个圆形的坑。他把身子躺在圆坑里试了试，感觉窄浅了些，爬出坑又挖了一会，感觉差不多了，躺下去静静地闭了会儿眼睛。许多往事纷至沓来，他想：好了，从此，这些事情再也不会来烦我了。睁开眼，从竹林的罅隙间透过来浅浅的阳光，像闪着金光的练带。林蒲生低低地说了一声：永别了，我的阳光！

他用刀子在大腿动脉上扎了一刀，只感到一阵剧痛，他怕自己找不准位置，又胡乱在腿上扎了几刀，好像感觉血正从体内汩汩地流出去。他想：这样也好，我会昏迷会血流殆尽，然后明天的报上会登载这样一条消息：在浙北某山区发现一具无名尸体。他把身份证、信用卡、储蓄卡能证明自己身份的东西都销毁得干干净净了。阳光和竹林仿佛在他面前迷糊了起来，林蒲生想：真好，我终于可以安安静静地走了！

突然，林蒲生感到腿上一阵撕心裂肺地疼痛，跟刚才他用刀子扎的痛感完全不同，他本能地"腾"地一下坐了起来。原来是一只野狗，看见他还活着，野狗吓了一跳，它倒退了几步然后朝林蒲生狂吠了起来。

林蒲生愤怒极了，他左右环顾了一下，捡了块石头

第二辑　有人抓住了她的脚踝

扔了过去。狗逃开去几步，见他手里没了武器又朝他狂吠起来，还龇牙咧嘴扑过来做出一副咬人的架势。

林蒲生只好爬出坑，慌乱中捡了根竹枝，一瘸一拐地边逃边朝狗挥舞。腿上的血还在流着，他的裤脚让狗给撕破了，头上、衣服上沾满了泥土和枝叶，看起来狼狈不堪。

因为腿上有伤，林蒲生逃不快，眼看就要被追上，前面是一道斜坡，左右边都是竹林，林蒲生想：不就是个死吗？死也要死得有尊严。于是，也不管那坡有多陡，顺势滚了下去。

不知多久，林蒲生从昏迷中醒过来，才发觉自己正躺在一条浅河里。河水一漾一漾地在他身边涌动，天空很蓝，遥远得似乎永不可及。谁家的屋顶上升起袅袅的炊烟，有说话声和脚步声朝这儿渐近。

眼前暗了一下，林蒲生看见有两个人站在他跟前。"村主任，刚才这小子进村的时候我就看着不对眼，咱村可从来没有见过这个陌生人。"

被唤作村主任的人威严地点了点头，问林蒲生："你是谁？你从哪来？你来这干什么？"

林蒲生闭上眼睛，不想说话。

村主任做了个手势，旁边的人在林蒲生身上摸索了一会，摊开手掌，说："啥都没有。是个穷小子，兜里只有两块五角钱。"

村主任摊开手里的一张纸，一边看一边对着林蒲生反复对照，然后交给旁边的男人，"你看仔细了，像不像那个通缉犯？"

43

梦里有你

男人仔仔细细地看了一会,说:"村主任,像是不太像,不过难说,他身上有伤,还带着刀子。现在不是流行整容吗?谁知道他有没有把脸给换了。"

村主任"扑哧"一声笑了,点了点头,"你说得有道理,把他带到村里去,顺便到卫生所给他包扎一下。这小子命大,差点伤到大腿动脉了。"

两天了,林蒲生待在村委会的一间小房子里,反复地被追问着:你是谁?你从哪来?你来这干什么?到最后林蒲生被问烦了,他知道如果他不说清楚他们是不会放他走的,于是他说他来自广东,因为生意破产所以才来这选择自杀。

可是他们不信,要自杀广东的楼可高了,那么大的珠江也没被盖子盖着,跑这么远的路来他们这儿自杀,鬼都不相信。

林蒲生火了,他说:"你放我走,老子不死了还不成吗?"

村主任一点都不恼,他说:"那可不行,万一我们放走的是一个全国通缉犯呢?"

林蒲生彻底蔫了,他闭着眼睛呆坐了很久,然后慢慢地走到电话机旁,定定神,拨了一串号码,"你来接我吧,我想通了。想找个清静的地方寻死都那么难,不如活着。一切还可以从头再来!"

第二辑　有人抓住了她的脚踝

搜寻你的秘密

　　章前导读：多年前，秦阳的父亲和母亲离了婚，秦阳选择了父亲，他的这个决定让他的母亲当场昏了过去。谁知这只是秦阳的一个计划，当他以为自己终于为母亲讨回公道的时候，却发现，事实跟他想象的完全不一样。

　　早上，秦子风跟儿子秦阳说要出一趟差，要他吃饭就去快餐店里吃，随后秦子风在桌上留了三百元钱，看了一眼秦阳走了。

　　秦阳趴在窗口，看秦子风坐上车一溜烟走了，便在屋里搜寻起来。

　　秦阳13岁那年，父亲和母亲离了婚。在法庭征求秦阳的意见随父亲还是母亲的时候，秦阳选择了父亲，他的这个决定使他的母亲当场昏厥了过去。

　　秦阳跟父亲住的房子七十平方米，两间朝南，秦子风住一间，秦阳住一间。秦阳在这间卧室兼书房的房间里搜寻了一番没搜到什么，他不相信秦子风当了这么多年的官，会没有一些见不得人的东西，但秦子风的房间除了一整墙的书撑起了一点架子外，可以说是寒酸的。

　　秦阳知道秦子风的工资收入，这么多年的积蓄应该也有一大笔钱，但他不知道他把钱藏在哪儿。秦阳不甘心就这么一无所获，再次翻了翻秦子风的抽屉，几盒西洋参片，数码相机，电话号码簿，还有一些零零碎碎的

梦里有你

东西。这么多年的共同生活，他知道秦子风关心他的生活、学业，甚至对秦阳的母亲，他也劝秦阳经常去看望她。

这时，秦阳的视线被放在书架上的那只蓝瓷笔筒吸引住了，它挤在一个不起眼的角落里，难怪刚才没发现。秦子风的书架灰扑扑的，但只有那只笔筒干净得没有一丝灰尘，说明他经常用它。笔筒里插着一支钢笔和一支铅笔，还有一管胶水，一把美工刀。

秦阳摇了摇笔筒，里面有金属碰撞的声音，他把那些东西倒出来，里面有一把铜质钥匙，簇新闪亮。这是什么地方的钥匙呢？秦子风这样藏着它，说明这里面有不可告人的秘密。秦阳想了想，把它藏进口袋。

秦阳在外面配钥匙的地方照样子配了一把钥匙，然后把钥匙仍旧放进笔筒，照原样子恢复好，确定看不出破绽后才放心地把门带上。

过了一段日子，秦子风跟秦阳说他要出一趟差，看着秦子风钻进一辆计程车驶远，秦阳赶紧招了一辆车紧随其后。他看见秦子风坐的车子七拐八拐，渐渐驶离闹市区，最后停在一座山脚下。秦阳怕秦子风看见，只好眼睁睁地看着他穿过几处屋宅，拐进一条弄堂不见了。

等了半个小时左右，秦子风出来，依旧一个人坐上车走了。秦阳不甘心，让出租车原地等着，自己摸进刚才秦子风走出来的弄堂，尽头处，高高的木门紧闭着。秦阳尝试着用那把钥匙开门，果然打开了，里面一长排的房子，还没装修过，房子前有一个很大很空旷的场地。秦子风果然聪明，找了这么一个闹中取静的去处，他过得那么节俭，原来都是为他的相好买这处房子，而且说

第二辑　有人抓住了她的脚踝

不定，这钱里还有贪污的公款呢。

秦阳觉得自己这么多年的卧薪尝胆终于有了回报，当初他年少力弱，无力惩治这个薄情寡义的男人，但是，他对伤心欲绝的母亲发过誓，他之所以跟这个男人过，是总有那么一天，他要看着这个男人为他的不道德行为而受到惩处。

秦阳找到市纪委，上交了这把钥匙。

秦子风果然有好些日子没回家。那天，秦阳在为自己是不是要通过纪委的人给他送几件换洗的衣服和香烟而作激烈的思想斗争时，秦子风却意外地回来了。

秦阳有些慌张，他觉得面对秦子风心里有愧，而秦子风仍旧平静如常，对秦阳说，吃完饭，我带你去一个地方。

车子七拐八拐到了秦阳当初来过的那个地方，只是那儿大变了样，操场上高高插着一面迎风飘扬的红旗，院子里的一大排房子里，传来琅琅的读书声。

秦子风指点着那些读书的孩子说："他们都是孤儿，家里穷，没钱读书，是我一直资助他们，就连老师，"他指指那个在黑板上唰唰写字的女教师，"当初也是我资助她读书长大，考上大学后又回来教这些孩子。

"我小时候是个孤儿，是那些好心人资助我从小学一直读到大学，我参加了工作，后来又当了官，但我一直有个愿望，我要尽我毕生努力去资助像我一样的孩子，让他们可以看到希望和未来。当初，你妈知道这些事后极力反对，她怕我把钱都花在那儿，你将来怎么办。后来还说我跟受助的女性有关系，说要么放弃他们，要么

梦里有你

放弃她，所以，我只能做出这个选择。

"我做这些事并不想张扬，所以一直瞒着你。但我捐助他们的钱，甚至这所学校，都是一些好心人的捐助，还有我自己光明正大挣下来的，没有贪污公家一分钱，爸不是这样的人。只是将来要苦了你，你以后要靠自己的双手去挣钱。"

秦阳站在那儿，早已泪眼模糊。他一把抱住秦子风说："老爸，你真了不起！"

丢了一只耳环

章前导读： 白领温阳接连遭遇工作被炒、钱包被抢、被恋人背叛的厄运，还丢了一只耳环。然而有一天，一个男人出现了，说捡到她丢失的了耳环，并邀请她去他的公司工作。

温阳拿起话筒，从里面传出经理富有磁性的声音。温暖的阳光从窗户左侧斜斜地移过来，照在桌面那支浅蓝色的钢笔上。温阳机械地把它捏在手指间，倒过来翻过去。

"我知道了。"她低低地说了一句，挂了电话。钢笔脱离她手，"啪"地一下从桌上滑溜了下去。

"因为公司业绩下降。"这就是炒她的理由吗？温阳在办公室收拾完东西，刚好下班。她靠在电梯里，怕

第二辑 有人抓住了她的脚踝

冷似的把包抱在怀里。闭上眼，就想起经理的那句话。那么，为什么是我而不是别人？她晃了晃头，耳环触着她的肌肤。这是她生日那天洛夫送给她的，不知道洛夫知道了这个消息会怎样？

满脑子的纷繁念头，睁开眼，见面前站着的那个男人，用一种探寻似的眼光微笑着看着她，欲言又止。温阳的脸一下红了，仿佛自己赤裸裸地暴露在阳光下，刚好电梯到达底楼，温阳飞快地走了出去。

地铁站挤满了人，天很冷，从地铁站口不时吹来阴冷的风。突然，温阳的胳膊被撞了一下，待她清醒，肩上的那只挎包已不在她身上了，里面有她的银行卡、现金、钥匙、手机、身份证……

温阳呆了一下，追跑了起来，一边喊："抢劫啊！"她连那个人是男是女是高是矮都没看清楚，温阳想到这儿，腿立刻软了，一时不知所措。有人围过来，七嘴八舌地向她提问，她呆立着，一言不发。

温阳走到公寓门口的时候，天已经黑了，她仰头看了看窗口那盏灯光，洛夫总比她早下班。他们在一起已经好多年了，都不急着领结婚证，仿佛很默契似的维持着这种家居生活。

洛夫已做好了饭，没问她为何这么晚才来。这让温阳隐隐感觉失望。假如今后的婚姻生活就是这样，她不敢想象。她默默地吃着饭，想洛夫不问她也不打算把此事告诉他。

洛夫的眼神有些游移不定，仿佛为了打破难堪的沉默，突然莫名其妙地说了一句：外面好像在下雨吧？

梦里有你

温阳抬头看了看他，又看了看亮在暗空中星星点点的灯光，想象那些灯光假如是白色的雪花，世间该多美丽。

洗澡的时候，温阳才发觉丢了一只耳环，左思右想也不知何时丢的。她看着剩下的那单只耳环，犹豫着是不是把它扔掉。

接连几天，温阳照常去上班。其实，她只是去了平时没空去逛的商场。她已在网上投了个人档案，心想：按自己的经验和资历，找工作应该没问题。

那天，温阳接到了通知她去面试的电话。那是家合资企业，在市中心的中信大厦。温阳坐电梯上楼，按约前去敲门，打开门的竟是洛夫，两人都吃了一惊。洛夫说他这星期去了广州，而他竟然是在这里。他为什么要撒谎呢？

从里面走出一个风姿绰约的中年妇女，笑吟吟地说："我是这家公司的老总，你是温阳，来面试的吧？"女人眼角的余光扫过洛夫那张呆若木鸡的脸，优雅地笑了起来。温阳的脸一下子涨得通红，她什么都没说，转身而去。

冲进电梯，温阳闭上眼睛，想起刚才的一幕，还有洛夫最近的反常，浑身止不住地发抖。她跟洛夫在一起十年，那些点点滴滴的时光原来只是梦一场。

等她睁开眼睛，见面前站着一个男人，带着一种久违了的神情微笑着看着她。男人向她笑了笑，摊开手，手心里躺着的正是那只丢失的耳环，"这是你丢的吧？"

温阳一怔，冷冷地说："你搞错了，那不是我丢的。"

男人显然很意外，"可是那天……"他想起他捡拾

第二辑 有人抓住了她的脚踝

耳环追出电梯已然不见她身影的情景。"我每天都带着它,我想我总有一天会遇见你的。可不,我们终于又相见了。"男人说。

"我说不是我丢的,你听明白了吗?"温阳突然大叫了一声,刹那间,眼泪哗然而下。

男人看着她,不发一言。

温阳抬起头,看着男人,说:"对不起,我今天心情不太好。"她伸出手,男人把耳环放在她手心,说:"我知道你原来在通达公司工作。这是我的名片,如果你有意向的话,可以打我这个电话。"

温阳接过,看着名片上"江城经"三个字,她在电视专访上看到过他的创业报道,那个人在这个城市里是个传奇。

电梯到达底楼,两人一起踏出电梯,在门口,温阳看着等她回话的男人,微笑了一下,说:"好吧,我再考虑考虑。"

别　动

章前导读:失去了丈夫和女儿的彤彤妈独自住在一个小区里,和他人不相往来。一天,一个陌生男孩进了她家,神色自若地在她家拿东西还要求烧饭给他吃,当彤彤妈终于唤来邻居帮忙捉男孩的时候,男孩却说自己是她的儿子。

梦里有你

彤彤妈睁开眼，周围出奇的静，然而，她分明听到了一些异样的声音。她从沙发上坐起来，难道是梦？好像是彤彤回来了，她听到她的脚步径直走向她自己的房间。

她听到拉抽屉的声音，轻轻地忍耐着，怕吵醒她似的。

这一次，她彻底惊醒了，她蹑手蹑脚地走过去。

你在干吗？她看到一个男孩站在打开的抽屉边，看见她，不慌，只是抬头打量她。

那个男孩年龄二十不到，脸上似乎还有些稚气，眼神却有种迥异于他年龄的冷静和成熟。

你看到了，我们家很穷，实在没有什么东西可以给你。

那是什么？男孩举起手里的东西，从窗外射进来的阳光，照得那东西闪亮了一下。

彤彤妈觉得自己快透不过气来了，她紧走了几步，急促地说，别动，那是彤彤的东西。

彤彤，你女儿？男孩不理睬彤彤妈，他把那件东西戴在手上，欣赏着，这手镯，还凑合，我可以送给女朋友。

男孩自若地在房子里转悠，把房间里的抽屉和柜门都逐一拉开，搜寻了一番。彤彤妈跟在后面，双眼不错地看着他。

你知道我没什么钱的，你把它还给我吧，那是女儿留给我的唯一东西。彤彤妈嘟囔着，眼泪从她红肿的双眼里流下来。

第二辑　有人抓住了她的脚踝

男孩在沙发上坐下来，把手镯套在手指上转着圈玩，别哭别哭，我一见女人哭就烦。你这副样子就像我妈。我饿了，你给我做点吃的吧。

彤彤妈不情愿地走进厨房，耳朵警觉地捕捉着客厅里的声音。中途，她不放心，借故拿热水去了一下客厅，见男孩坐在沙发上，拿着那只手镯若有所思。见到彤彤妈，男孩抬起头对她笑了一下。

彤彤妈把饭菜端到饭桌上，男孩坐下来，嗅了嗅，显得很受用的样子，他狼吞虎咽地吃完了菜，喝光了汤，然后，满意地咂咂嘴说，真香，你手艺比我妈强多了。

彤彤妈站在旁边，说，现在，你可以走了吧。

男孩说，别急，你不想和我聊聊天吗？我看你总是一个人，你不孤单吗？

瞎说，我有老伴，还有女儿，他们马上就要回来了。

男孩重新坐在沙发上，拿起遥控器，开了电视，眼睛盯着屏幕说，你女儿三年前就过世了，你老伴才刚刚过世一年。我说的对吧？

彤彤妈说，你怎么知道？

男孩说，我自然知道。我还知道，你原来的房子拆迁了，你上个月才搬到这儿。你除了买东西出去，基本不和人打交道。我猜，你有好久没跟人说话了吧？

彤彤妈说，你再不走我就要喊人了。

男孩笑了笑，你去忙你的吧，我自然会走。

彤彤妈仍然站着，男孩不停地摁遥控器转换频道，仿佛拿着遥控器只是觉得好玩。

梦里有你

彤彤妈看了男孩一会又看了电视一会，她觉得心烦意乱起来。于是，她把饭菜收拾了拿到厨房去。

等彤彤妈出来，男孩已经倒在沙发上睡着了，手里紧紧攥着那只手镯。彤彤妈试图想把手镯从男孩手里抽回来，不过她很快打消了这个念头。当然，她可以报警，她看了看沙发旁边茶几上的电话，看样子也不行。

她小心翼翼地挪到门边，打开门，跑到对面，摁了门铃，没人开门。她的心怦怦直跳，生怕男孩扑过来抓住她。她踉跄着跑下楼梯，找到一扇门，疯狂地边按门铃边使劲拍门。终于，一个男人打开门，问，怎么了？

彤彤妈使劲攥住对方的手臂，喘息着指了指楼上，我家有个小偷……

那应该打110报警。男人说。

不过，他现在睡着了……

男人找了根棍子，示意彤彤妈带路，两人蹑手蹑脚地上楼。门口，彤彤妈指了指里面。男人吸了口气，抓紧了手里的棍子，推门。彤彤妈攥紧了胸前的衣襟，捂着胸轻声地大口喘气。

他们走进室内，男孩系着围裙从厨房出来，看见她，说，妈，你跑哪去了？我到处都找不到你。来，我们吃饭吧。

饭桌上，放着两副碗筷。

不！不！他不是我的儿子。他是小偷，他还偷了我女儿一只手镯。彤彤妈惊恐地边往后退边跟男人说。

男人站在那里，看着两人，有点疑惑。

第二辑　有人抓住了她的脚踝

男孩从沙发上拿起那只手镯，妈，你说的是不是这个？

彤彤妈一把抓在手里，说，对，是这个。

男孩充满歉意地朝男人笑了笑，说，不好意思，年纪大了，忘性大。

男人见没自己的事了，要走，彤彤妈追到门边，恳求道，相信我，我说的都是真的。

男孩把男人送到门边，指了指脑袋，两人心照不宣地笑了一下。

男孩关上门，对充满恐惧的彤彤妈做了个鬼脸，说，好了，现在又剩下我们两个人了。

饥饿游戏

章前导读：女作家因为急需钱完成自己周游世界的梦想，接受了十天不吃东西的挑战，并以此为经历写下一本书。终于艰难熬到第十天，完成了书稿，女作家却昏了过去。

袁丁说："就以十天为限。这十天里，你可以喝水，可以采野外的果子和野菜吃，会捕鱼的话也可以抓来烤着吃。但之外，你不能吃其他东西，也不能跟外界任何人联系。"

路央央想：虽然有点残酷，但她太需要这笔钱来完

梦里有你

成自己周游世界的梦想。

头两天，路央央还凑合得过去。到了晚上，肚子空荡荡的。她起床喝了水，觉得肚子里叽里咣啷的似乎都是水。想到平时的美食，饥饿感更加强烈。她想：还是早点上床睡觉，就会忘了饥饿这事。

第三天，袁丁说："今天，你可以去采些野果子吃。"

住的地方离山不远，况又是春天，路央央想到童年时的自己曾和小伙伴们满山遍野找吃的，一下子来了兴致，戴了顶帽子，挎上篮子和小锄，出了门。

路央央找着找着，看到了一些绿色的细细尖尖的植物，她认得它叫茅苡，小时候小伙伴们叫它茅针。她把那些尚未抽出的花穗拔出来，剥了外皮，在嘴里嚼着，嫩嫩的花穗有些鲜有些甜。

茅苡倒是多，但多吃并不解饿。幸好，路央央又在山坡上发现了葛公，红艳艳的像一粒粒袖珍的草莓。这是她小时候最喜欢吃的，每当她和小伙伴们发现葛公的时候，都抢着去摘。

接下来几天，路央央采了些马兰头，还发现了一些状如马齿的马齿苋。她把那些东西凉拌了或水煮了，要是有鸡蛋的话可以炒着吃，有面粉的话可以蒸马齿苋包子。路央央越想越饿，索性不去想了。虽然是春天的山坡，但那些东西也不是漫山遍野疯长的，何况，她对野果野菜认得也不多。

晚上，路央央照镜子，原先的圆下巴变尖了，心下窃喜的瞬间被明天吃什么的恐惧而代替。

天明，袁丁来了，看见路央央有气无力地躺在床上。

第二辑　有人抓住了她的脚踝

"我不出去,也不吃,行了吧?"路央央想到满山坡找吃的,又得消耗自己不少精神气,宁愿这样躺着。

袁丁说:"知道吗?今天是第七天了,你不能泄气。"

路央央说:"甭跟我讲道理,我饿得不想听人说话。"

袁丁说:"我带来两只蟹笼,你自己到海边去钓些吃的吧。"

路央央起了床,七跌八撞地来到海边,把蟹笼放了下去。坐在岩石上,感觉肚子又在咕噜咕噜响。路央央突然想到饿死的人都是先由脚肿起的,便按了一下自己的脚踝,还好,没出现手指窝儿。

袁丁指导路央央收起蟹笼的时候,路央央发现里面有几只螃蟹和几条小鱼,这使她的情绪大为好转,回家烧火蒸了吃。晚上,坐在桌前写东西,因为螃蟹和小鱼,她的思路特别顺。

第八天,蟹笼只收上来几只小饭虾,根本不抵饥饿。路央央只好吃了头天采来的野菜,想起以前吃的食物,用笔在纸上把它们一个一个写出来,每一样,对她都是可望而不可即的美味价肴。照了镜子,头发是蓬乱的,脸是憔悴的,眼睛是无神的,衣服有点邋遢。此时,饥饿像一双爪子一下一下在抓着她的胃,疼痛难受得很。她甚至想:如果有人给她一点吃的,她会抛弃自尊,奴颜婢膝。但袁丁仿佛知道她的心理,不再来,不让她有乞求和妥协的机会。

第九天,路央央在饥饿难耐中早早醒来,她挣扎着起了床,掀开锅盖,空空如也。又翻了碗盆,哪怕找到一星点的菜末,她都慌忙把它抹进嘴巴里去了。她站在

梦里有你

屋子中间，环顾四周，看哪里还遗漏下一些吃的。

"被子可以吃吗？毛巾可以吃吗？牙膏可以吃吗？"她慌乱和焦躁地到处乱翻，希望那些东西能变成她想要吃的食物。

蟹和鱼是不存希望了，路央央还怕自己因为无力一不小心跌进海里喂了鱼，她想就这样一直躺着躺到袁丁拿东西来给她吃的时候。

可是她的意识提醒她现在就得吃东西，否则她会挺不到袁丁来。她已没有爬山坡的力气，山上的野果野菜也不好找。她慢慢地移到门外，即使是草吧，只要没有毒，她也会把它咽下去的，只为了缓解一下疼痛得痉挛的胃。

她惊喜地发现了荠菜，绿色的叶子张开着像莲座。她胡乱地揪了几把，拿回家洗了用热水烫了下，放了盐，凉拌着吃了。美味佳肴。路央央自言自语道。

最后一天。袁丁来了，他一进门就直扑路央央放在桌上的那叠厚厚的稿子，看了一会，赞叹着说："真不愧是大作家啊！我相信，书一出来一定会登上本年度的畅销书排行榜。我就这么写：著名美女作家路央央挑战饥饿极限，以亲身经历写下震撼之作。不过，十天有点短，我得说是二十天。嗯，这个结局你得把它写完。还有，名字得改一改，就叫《饥饿游戏》，怎么样？"回过头，路央央躺在床上已经饿得昏过去了。

> 第二辑　有人抓住了她的脚踝

空　冢

章前导读： 记者萧溪带着父亲的骨灰去看望一位渔村老太。因为年轻时的恋人不幸遇到海难，老太守了一辈子的衣冠冢，却不料她的恋人没有死，并因各种原因不能来看望她。得知真相后的老太拒绝了萧溪的要求。

那座坟墓就夹在房屋和菜地之间的路边，房屋低矮，木质结构，在周围钢筋混凝土结构的楼房中显得有些落魄。菜地前有个河塘，几只鸭子在上面自在地游来游去。

村长指了指，说，喏，那就是。

萧溪想，若不是村主任指点，打死她也不相信这儿竟然有一座坟墓，人们在坟墓周围生活种地，似乎也习惯了。

村主任说，原先她儿子捕鱼，后来柴油涨价，海里的鱼又越来越少，有时出海一趟连柴油钱都亏进去了，所以去了城里打工，再后来到镇里承包了一家渔家乐，生意还不错，买了房子、汽车。前年来村里接他老娘，可她死活不肯去。

她老伴呢？萧溪问。

吵吵嚷嚷了这么多年，早她先去管山了。

管山？萧溪不解。

村主任笑了笑，我们这儿把老死叫管山。人最终不是都要被埋到山上去嘛？

梦里有你

萧溪想，也是，自己的老婆老是惦念着别的男人，两人能不天天吵吗？这男人这一辈子怕是过得不开心。

从木屋里走出一个穿着月白色布衣的老太，萧溪想，这就是了。

老太一头白发间夹杂着几缕青丝，面容白净，虽然满脸皱纹，但眉宇清爽，身板看起来利落硬朗。

村主任喊，志强妈，这是城里来的萧记者，来看看你。

老太对萧溪绽开一个笑容，说，请屋里坐吧。

萧溪见里面收拾得干净，家具、床柜还是几十年前的老样，想：儿子有钱，怎不给娘修缮修缮屋子，添几样好的东西。

老太见萧溪打量，似乎看出了她的心思，我住惯了，几十年前他到我家时就是这样。

村主任说，志强要给他妈盖新房子，她硬是不肯，怕到时他找不着这儿了。

萧溪不知道怎么开口，来之前她已跟村主任把事情的来龙去脉都说了，可是，面对着这样一个守了几十年孤坟的老人，自己该怎么说才能让她接受。

这个，张阿姨，我是萧敬化的女儿。

老太痴痴地看了她一会儿，喃喃地说，像，真是太像了。怪不得我一见到你，总感觉在哪儿见过。

老太从橱柜里掏出一个梳妆盒，打开来，里面是一张泛了黄的黑白照片，她把它拿在手里看了一会，交给萧溪。

萧溪看着照片上那个眉清目秀的男人，想：难怪老太这么痴情，在今天看来，年轻时的父亲也绝对是个大

第二辑　有人抓住了她的脚踝

帅哥。

萧溪把照片还给老太，看着老太脸上少女般的红晕，想，该不该把真相撕开？但是，她是受了父亲的委托来的，这是他临终前的遗嘱，她不敢违背。

萧溪慢慢地打开一个盒子，里面是一只精致的瓷瓶。我父亲上星期过世了，这是他的一部分骨灰，托我交给您。

老太吃惊地眯起眼，这怎么可能，他早不是死了吗？那年，他们渔场工作组的同志告诉我，说他随渔民下渔场，半路上船遇风暴翻沉了，整船人都没找着。

萧溪低下头，这是父亲一辈子的遗憾，他跟组织说他爱上了一个渔村姑娘，想离婚另娶。可组织上要他注意政治影响，因为正提拔他当副局长，不能就这样毁了自己的政治前途。何况，那时我才满月。

所以，他叫人写信告诉我他死了，是想叫我死了这条心。老太看着照片上的男人，说，你以为这样就可以打消我的念想了，可我哭了多长日子啊，连死的心都有了。后来，我家里人硬给我说了一门亲事，我说要我嫁可以，但我要一辈子守着这座坟。他的尸骨捞不回来了，可他的几样东西在坟里，我相信他的魂还会来这儿。

第二天，村主任带着几个村里人拿着锄头来了。萧溪看老太跪在坟边，烧着一沓沓的纸钱，她灰白的头发被风吹乱了，扬起的纸灰袅袅地飘散在空中。萧溪鼻子一酸，眼泪不由落了下来。

木板已经烂了，那几件衣物也变得如纸般脆弱，萧

梦里有你

溪恭恭敬敬地把瓷瓶放入墓中，想着父亲的话：我知道她在那边守了三十多年的空坟，她不知道我还活着，这次，我真的要死了，你就把我的一半骨灰给她吧。这样我在那边，心也踏实了。

老太说，萧敬化，我懂你的意思，等我也走了，就把一半骨灰跟你葬在一起。可是，你有没有问过我，我愿意吗？

萧溪想跟老太说，其实父亲后来想来找她的，可强势的母亲一直不同意，这件事成了父亲的终身遗憾。老太这样说是可以理解的，也许她和父亲太在意自己的感受，父亲想偿还自己的情债，而自己只是为了了却父亲的遗愿。

闺女，你拿回去吧，我再也不想守坟了，我要到镇上的儿子家去享享福。

萧溪是事后才知道的，她离开村庄的第三天，老太就去世了，儿子把她和自己的父亲葬在一起。

暗　恋

章前导读：小镇一名美丽的女子受父母之命被迫嫁给丑陋的丈夫，并因丈夫性欲旺盛而不堪其扰，情急之中向麦克大夫求救。为了帮助自己暗恋多年的女人，麦克大夫迈出了危险的一步。

第二辑　有人抓住了她的脚踝

早上，一个女人来到麦克大夫的诊所。她一直耐心地等到最后，让其他后来的病人先看。到了麦克快下班的时候，她才进来。

"怎么了？"麦克看了她一眼，很快低下头，在病历卡上刷刷地写着字。

女人红了脸，欲言又止。她看上去苍白而忧郁，瘦弱的身子轻轻战栗着。

"我和我丈夫相差二十多岁，他，他在那方面需要特别强烈。我……我真是受不了。"

麦克从医这么多年来，还是头次碰到这种患者。

"可是，您是他的妻子。"

"我不喜欢他，一开始就不喜欢他。他靠近我只会令我厌恶。"

"您为什么会和他结婚？或者，可以选择和他离婚。"

"哦，这是我父母的主意，我不能违背他们的旨意。"

"那么，我能帮你什么？"

"您是个医生，您一定有办法。求求您，帮帮我。"女人哭了起来。

女人楚楚可怜的样子打动了麦克医生。

"你丈夫身体好吗？"

女人说："他身体壮得像头牛。"想了一下，又说，"他说他头那儿有时会很痛。"

"好吧，明天你带他到诊所来。"

第二天，女人来了，旁边站着一个男人，肥胖秃顶，脸色晦暗，不知怎的，麦克一见他心里就升起一股厌恶

梦里有你

感。麦克开了单子让他去检查。

下午,男人来了,麦克把片子和检查单子拿在手里,长时间反复看着,然后又拿着这些东西出去,过了好久才进来。他知道越是这样,男人越紧张。

果然,男人颤抖着声音问:"怎么样,严重吗?"

麦克用他那双犀利的眼光朝男人注视了几秒,他的脸闪现着贪婪、无知,一些肮脏的褐斑布满脸颊。真是太丑陋了。麦克想。

麦克把眼光投向女人,女人娇嫩的容颜让他想到春天的花蕊。他决定帮助这个漂亮柔弱的女人。

"你的头部血液循环不太好,严重的结果会导致血栓和局部肿块破裂出血,如中风偏瘫、脑溢血等。"他开了一张方子,递给他,"除了吃药,锻炼,我建议你要避免一切会让你激动、兴奋的事,比如过夫妻生活。按照你的年龄,应该知道节制,如果你还想让自己活得更长寿的话。"

一个月后,那个漂亮、瘦弱的女人又来找他。

"昨晚,我的丈夫强奸了我。他在半夜弄醒了我,不顾我的反抗。哦,医生,我真受不了。"

"他大概忘了我的建议。"

"可是他说,为了保命放弃生命中极致的快乐是多么愚蠢,让那些医生的说辞见鬼去吧。"

"太太,您丈夫的健康并不令人乐观,如果他还不节制他的欲望,难保有一天面临生命危险。"

"我恨他,恨不得杀了他。"

"太太,没有一个妻子会诅咒自己的丈夫死亡。"

第二辑　有人抓住了她的脚踝

"可是医生您不知道，当初，我爱上一个男子，并发誓非他不嫁。可是我的丈夫买通了我那贪财的父母诱我失身，我才被迫嫁给了他。他毁了我的一生，我真羞愧，当初，我真该殉情而死。"

麦克医生站起来，站在药柜前看着，好久。

女人在他背后低声说："我该怎么办？帮帮我，医生，求您啦。"

"把这瓶药拿去，让他饭后服下。这会让他安静些，或许晚上他就不会缠着你了。"

女人接过，谢了又谢。

麦克站在窗前，看女人缓缓而去。

麦克的眼前像放电影似的缓缓出现一个画面，那个丑陋的丈夫就着开水吃下药片，然后惬意地坐在沙发上看电视，过了一会，当他妻子去看时，他已经安静地倒在沙发上。当然，他的头部本来就不好，这种症状谁看起来都会说是脑溢血。

他一直喜欢看那些恐怖刺激的电视，他是被电视害的。唉，谁让他这么贪婪自负呢。

麦克想，自己暗恋这个女人这么多年，现在，终于帮她报了仇。也许，这是自己人生当中做的唯一一件违背自己职业道德的事情。

第二天，小镇上的人发现，麦克大夫的诊所关闭着，而麦克大夫也不知所终。

梦里有你

有人抓住了她的脚踝

章前导读：女人在一个周围几乎全是男人的部门工作，某天去商场购物，不料被一双从车底下生出的手抓住脚踝，并抢走了钱包和车子。女人想要查出那双抓住她脚踝的男人，并把相似的人都当作疑犯，以致人家一看见她就绕道走。

双休日，她开车去恒隆广场。她在一个周围几乎全是男人的部门工作，穿着几乎跟男人一样单调。就连头发，也剪了一个干净利落的发式。

她把车缓缓地开进地下停车场，她担心今天人多会没有车位，连早饭都没有吃就出来了，还好，她顺利地把开了进去，停妥。

在女装柜，她选了几套职业装。听说单位的一些男人在淘宝上购物，说那儿价格比实体店便宜了很多，还可以足不出户在家享受送货上门的优质服务。

她从来不在网上购物，她对那个长相奇丑、创建了让中国女人疯狂购买的淘宝网男人充满了不屑，钱多又怎样？她绝不能容忍自己跟一个长得这样丑的男人同床共寝。

她苛求男人的外表和内涵，所以35岁了还是单身。

她的包里放着一本书，她是打算在这儿度过一天的。坐在高楼的咖啡室里，她慢慢啜着咖啡，透过洁净的玻

第二辑　有人抓住了她的脚踝

璃窗，看见不远处金黄色的沙滩，密密麻麻的人群围坐在一个又一个像花朵一样的太阳伞下。

下午四点，她收拾好书乘电梯下楼，停车场里挤挤挨挨停满了车子，她好不容易找到车，拿出钥匙。这时，她的脚踝被一样什么东西缠住了，低头一看，她本能地惊叫起来，是一只从车底下伸出来的手抓住了她的脚踝。

把包放下！从那双长满汗毛的黝黑粗壮的手里传出恶狠狠的声音。

她战战兢兢地照做了。

不许报警！我认得你！那个闷声闷气的声音又低声命令她走开。

她慌慌张张地离开停车场，这一刻，她没有想到钱包和汽车的损失。她的母亲一直告诫她：钱乃身外之物，自身安全健康才重要。她的母亲忘了加上两个字：快乐。

她并不计较钱，同事们虽然看不惯她的一些习惯，却喜欢她的慷慨。三十多年来，她如她母亲所愿，一直安全健康，唯独缺少快乐。

她站在离停车场不远的地方发着呆，对要不要报警充满了犹豫：他认识我，谁呢？她的脑子里飞快地掠过一个个男人的影像，跟她有过节的，看不惯她的，爱恶作剧的……

这当儿，她听见汽车轮子激烈的摩擦声，她那辆白色的宝马车像一只鸟儿从停车场里飞出来，唰地一下从她的眼皮底下驶过，穿过街道，不见了。

她来不及看清车里男人的长相。车子开走了，她的勇气一下子鼓起来。幸好，手机还在衣袋里，她报了警。

67

梦里有你

大半年过去了,这个城市发生的案子太多了,她这样的抢劫案只能等罪犯在犯其他案子被抓时或许才有希望。渐渐地,她对此失去了信心,于是,她又买了一辆车。

现在,她不敢一个人把车子往地下停车场里开,而且,每次往车子走去的时候,她脚踝的皮肤本能地会紧缩起来。她拼命控制自己,但是,每次,她都不由自主弯下腰,往车底下看,确认无人后才放心地打开车门。

她的同事现在看见她都绕道走,因为她总是紧紧地盯着人家的手臂,她的目光让他们心里直发毛。一个身材粗壮、长相黝黑的同事多次被要求捋起手臂让她看,为了证明自己的清白,该名男子只好耐心地解开袖口上的扣子,让她仔细观察。她的目光像一条蛇黏着同事的皮肤,令他全身起了鸡皮疙瘩。她瞅着他的手回忆从车底下抓住她脚踝的那只手,已经过去那么久了,她的记忆不再清晰如常。她叹了口气,终于放开了那个同事,说:不会是你的。

有一天晚上,新闻播放本市最近抓住一群专门盗窃车子的犯罪团伙,那些人平均年龄才二十一岁。

她又想起那双抓住她脚踝的手,那双手看起来似乎已经不年轻了。然而,谁知道呢?她换了个台,她对这样的新闻已经不感兴趣了。

临睡前,她又在厨房、客厅、饭厅、卫生间转了一圈,确定桌底、沙发背后没有躲藏的东西,回到卧室,趴在床下,看了一会,灯光下,床底蒙着一层白色的灰尘。

上床的时候,她对自己说:这星期要把床底清扫一下。终于,她睡着了。

第二辑 有人抓住了她的脚踝

在 乎

章前导读： 鲁老汉因为拆迁时要价高，开发商只好绕道做马路，只剩下他家孤零零的房子立在路边。被老婆孩子怪罪贪心的鲁老汉安慰自己不在乎这些，并和老婆跟人跑了的渔民肖亮同病相怜，互相安慰不在乎。

鲁老汉说，我不在乎，我什么都不在乎。

说这话的时候，他靠在那堵几乎倒了的山墙下，嘴里叼着烟，身上的白背心泛了黄，一条大裤衩松松垮垮的。

肖亮说，是啊，我都活到这个地步了，还有什么值得在乎的。

你跟我不一样。鲁老汉看了肖亮一眼，你还年轻，老婆跑了还有其他女人，这天下最不缺的就是女人。

鲁老汉老婆干瘪的嘴唇向下撇了一下，露出不满的神情。

鲁老汉说着又去站在他那栋孤零零的房子前，看着脚下新建的马路，仿佛君临天下。

一年前，当地政府要拆迁鲁老汉这一带的房子扩建马路，别的人都拿了赔偿款搬走了，鲁老汉认为他的房子不只赔这些钱，抵死不迁。做马路的时候，他先是跟人吵，后来在门前设置路障，不让工程车入内。再后来，马路绕道从另一户人家门前过，那个做梦都没想到

梦里有你

自己房子会被拆的人喜滋滋地拿了新房子的钥匙住到城里去了。

现在，鲁老汉家的房子就像是一座孤零零的城堡矗立着。鲁老汉的儿女们怪他到手的鸭子全飞了，都是因为他的贪心而起，他们已有好久不来看他了。

只有肖亮，这个跑了老婆的男人，有时跟他来说说话，叹叹苦经。

肖亮说，老婆都跟人跑了，我再出海捕鱼有什么意思呢。女人跟女人是不一样的，我老婆以前是个好女人，她一定是被人灌了迷魂汤。

肖亮为此总是不明白，想得头疼了就来找鲁老汉。

鲁老汉觉得自己比肖亮惨多了，快要到手的新房子没了，儿子和老婆还都不理他，住着一幢水电不通的孤零零的房子，每天看着眼前的马路撒欢的地往前跑。

中午在我家吃饭。鲁老汉说着高一脚低一脚地踩着泥路去田里割菜。

这政府这么缺耐心，你多做我几次思想工作，我兴许就通了呢。你财大气粗多赔我几个钱又算啥事呢，你跟我一个小老百姓较啥劲呢。他边割菜边唠叨，唉，我现在啥都不在乎了，你们都怪我，好，就让我一个人在这里终老。

鲁老汉老婆听见他唠叨个没完，便叫，你又在说什么不在乎，你如果真不在乎，你又成天唠叨个啥呀。

鲁老汉听见老婆的喊叫眼睛发了直，坐在那儿拍着大腿说，我真是不在乎了，你还提那门子话，存心让我难堪是不？

第二辑　有人抓住了她的脚踝

正生着闷气，村里的小米骑着车在马路对面喊，鲁大伯，村里要做老年证，要一张一寸免冠照片，赶紧去拍，这次可别落下了！

鲁老汉赶紧站起来问，老年证？有啥好处？！

免费坐公交车，免费上公共厕所，免费进入公园、博物馆，哎，多了去了，反正做了总有好处的。

鲁老汉说，好的好的，我这就去拍！

肖亮在一旁看着鲁老汉一副猴急的样子，嘿嘿笑着说，你瞧你，刚才还说啥都不在乎，一张照片就紧张成这样。

鲁老汉说，你不是有照相机吗？省得我上城里，你给我拍一张。

肖亮说，下午吧，下午我拿来给你拍。

吃完饭，肖亮被鲁老汉催着去家里拿来数码照相机。那还是他跟老婆结婚时买的，相机好久没用了，他摆弄着，发现里面存了很多老婆的照片。

鲁老汉换了衣服出来，喜滋滋地坐在椅子上等着肖亮给他拍照，见他摆弄着照相机没完没了。

你好了没？这么长时间还没弄好？你到底会不会拍？

肖亮对着相机突然骂了一句，贱人，我待你这么好，为什么要跑掉？

鲁老汉跑过去，看见相机里的肖亮老婆，你还说不在乎，把她抹掉，抹掉了就不会想了。这女人多得是，到时包在我和你姨身上。

鲁老汉拍拍胸脯，又去坐在椅子上。认真着拍啊。

他又叮嘱了一句。

肖亮让鲁老汉老婆在他背后撑起一张大红纸做背景，说，别总板着脸，照片代表你的形象，笑一笑。

鲁老汉坐久了，脑子里又胡思乱想起来，想得最多的还是拆迁的事，他窝着心便笑不出来。

茄子！肖亮说，叫一声：茄子！

鲁老汉不明白为何要说茄子，而且他也不想说茄子，他想起这件窝心的事儿，忍不住吼了一句，奶奶的！

这当儿，肖亮摁下了快门。

数日子

章前导读：他从监狱里逃出来，打算看望母亲后便远走他乡，却发现母亲在灯光下数黄豆，而黄豆的粒数正是他入狱的天数。他改变主意决定自首，在狱中，他用数石子来寄托对母亲的思念。

他感觉司机的目光一直从反光镜里看自己。他咳嗽了一下，头转过去看窗外。外面，下着淅淅沥沥的雨，斜斜的雨丝在橘黄色的灯光下布成绵密的一道帘子。街上，行人稀少。

终于，司机开口了。"你身上怎么这么脏？"

"刚从工地上回来，又摔了一跤。这鬼天气！"他似乎不经意地埋怨了一句。过了一会，他探头看了看前

第二辑 有人抓住了她的脚踝

方，用手指了一下，说："喏，就在前面那条街，再左拐。……对，富来街。我家就住那儿。"

下车，谢过司机，一摸脑额，发觉全是汗。他有些虚脱地靠在黑暗中的墙上，站了一会儿。然后，又往相反的方向走去。

他走得很小心，一直拣僻静、黑暗的巷道走，那套从服装城买来的绒衣全湿透了，但他还是竖起湿漉漉的领子，尽量把脸往脖子里藏。这是他越狱的第 5 天，在一番担惊受怕、东躲西藏的逃亡日子后，他决心最后去看一眼母亲后就逃到外省去，从此浪迹天涯、隐姓埋名，或许终生将不再与母亲相见。

他终于走到了那两间熟悉的瓦房前，屋里，亮着灯光，他的母亲在昏黄的灯光下一起一立不知在做什么？他悄悄地摸过去，趴到自家的窗户前，他的母亲似乎比以前臃肿多了，他怀疑是不是浮肿。母亲的脸憔悴苍白，透着无奈和凄苦，花白的头发从她的脑额上披下来，散落在她的脸颊两侧。她把罐子往地下一扣，"唰"，从里面倒出一大把黄豆，然后，她从地上捡起一粒黄豆，丢进桌上的罐子里，嘴里喃喃念叨着："1、2、3……397。"

他趴在那儿，早已泪流满面。397 粒黄豆，那正是他入狱后的日子。如果他逃走了，那么母亲数黄豆的日子将遥遥无期，甚至等不到她数完手里的那些黄粒儿就已离开人世。想到母亲的晚年以数黄豆来打发时光、寄托对儿子的思念和期盼，他忍不住悄悄地溜下窗，蹲在墙角无声地哭泣起来。

梦里有你

他跌跌撞撞地向前走着，前方，亮着一盏灯，像是黑暗中瑟缩的一朵花。他又冷又饿，用手紧紧地拢住身子，仿佛这样就可以驱赶饥饿和寒冷。走近一看，原来是一家小店，店主人坐在椅子上打瞌睡。他在那儿犹豫了一会，然后拎起话筒，拨了个号，说："我叫张涛，在五大街兴义路口。我来自首。"

再次入狱后的他，似乎有了一种习惯，每晚睡觉前数小石子。他从罐里小心地倒出那些大小、形状参差不齐的小石子，那些小石子散落在发黄的草席上，因为被触摸的次数多了而不再棱角分明。他用手仔细地、一点一点地把它们拢在一起，一粒一粒地数起来，数一粒就往罐里丢进去一粒。小石子在空荡荡的罐里发出清脆的"叮"的声音，渐渐地，声音显得有些沉闷起来，草席上的小石子所剩无几，他把最后一粒小石子丢进罐里的时候长吁了口气。整整1195粒，还有530天，他就可以离开这儿了。

他的手每捡起一粒石子，似乎感应到母亲也正捡起小小的黄豆往罐子里扔。那是一种希望，一种期盼，一种对逝去的日子的欣慰。罐子里的石子在增多，那么，他和母亲相聚的日子就会越来越接近。

他把罐子紧紧抱在胸前，仿佛闻到了一股熟悉的香味，那是母亲亲手炒的黄豆，酥脆清香。

第二辑 有人抓住了她的脚踝

丙尧的眼泪

章前导读：丙尧把梦见父亲死去的事情告诉母亲，被母亲打了一巴掌，后来父亲果真遭遇海难，连尸体都未找回来。丙尧几次梦境应验，被母亲认为是天眼没有完全闭上。那晚，丙尧又梦见密密麻麻的尸体朝渔村漂浮过来。

丙尧那晚做了一个梦，看见白茫茫无边无涯的水域间，乌压压浮着密密麻麻的尸体，两手两脚摊开着，惨白的脸上失神的眼睛茫然地瞪着天空。丙尧驾了一艘船过去用杆子撩，发现那个人只剩下半边脸，被水泡得发白的脸上露出白森森的骷髅头。丙尧惊叫了一声，把自己吓醒了。

丙尧最近总是做噩梦，那些梦折磨得他翻来覆去睡不着。

丙尧娘端着一盏美孚灯过来了，她摸摸丙尧的脑额，全是汗，叹了口气。

没事，娘，我刚才做了一个噩梦。

丙尧娘绞了把热毛巾轻轻擦拭着丙尧头上的汗，说，娘告诉过你的，做了噩梦，往枕头上吹口气，翻个面继续睡就没事了。

丙尧想，娘似乎是告诉过他的。他打小体弱，总不间断地生病，娘就用各种各样的土方给他治病。比如他发

梦里有你

烧了，娘说是魂灵被吓了，她用米罐盛满米，包上布，在他头上一边按摩一边念咒语；还有一次，他在外面玩耍晚归，大概吹了海风受了凉，晚上发烧说起胡话来。娘用碗把一张符烧成灰，加了水叫他喝下去，说她在庙里跪求了好几个钟头才求来的，丙尧只好闭了眼睛喝下去。

丙尧不知道娘是从哪里找来这么多医治的法子，娘不识字，但她似乎知晓很多书本上没有的知识，而且为人热心，所以田浪村人有什么事都愿意找她帮忙。

丙尧吃完早饭，倚在门边看着山脚下。他们的房子建在半山腰，从这儿可以看到小灯子山和大海。小灯子山是一座孤山，面积很小，像一盏娘手里端着的美孚灯，孤零零地矗立在海面上。天空灰蒙蒙的，铅色的云似乎凝固了，像一个粗莽汉子阴沉的脸。

丙尧觉得今天有点异样，说不上什么感觉。他用手搭了凉棚往远处望，小灯子山那边似乎有黑点漂浮着，起先是零零星星的，后来是成片成片的，往丙尧所在的村里飘过来。

丙尧撒开脚丫往山下跑。丙尧娘在后面喊，丙尧，你干吗去？

自从丙尧爹过世后，丙尧娘恨不得把丙尧拴在裤腰带上。村里像丙尧那么大的小子不是下海捕鱼便是出去打工，只有丙尧娘舍不得丙尧干活，她总说丙尧体弱，受不起折腾。

丙尧第一次真真切切地看到死人，那么多的死人，横七竖八僵卧在滩涂上。从灯子山那边陆陆续续还有死尸飘来，村里的人先是呆望了一会，等他们回过神来，

第二辑　有人抓住了她的脚踝

开始号叫着发疯似的冲下堤去。他们的神态如中了魔咒，披头散发，捶胸顿足，呼天抢地地在死人堆中寻找着自己的亲人。

丙尧的爹死在海洋上，尸体遍寻无着，家里做了一个稻草人算是替身把他给葬了，所以丙尧不知道死尸是这么可怕的。他看见那么多死尸浑如泡胀的鱼鲞，神情姿势怪异骇人，丙尧看见有一具死尸只剩一只独眼，似乎盯着他一动不动。

一个女孩扑在那具死尸上哭喊着：爹呀爹呀！她的母亲，两手张开朝着天空哭喊，老天呀，这到底是怎么啦？

那场突如其来的狂风把在海洋上捕鱼的渔民们刮了个措手不及，巨大的海浪把渔船掀翻在了无依无靠的海面上。几个幸存下来的渔民心有余悸地说，也不知道怎么回事，早上天气还好好的，我们捕了很多鱼，正想收拾网具回港呢。谁知，海洋像发了疯，掀起的浪足有三层楼高，我们只能眼睁睁地看着……他们说不下去，大滴大滴的眼泪落在饱经风霜的脸上。

那些日子，丙尧娘一直在村里忙。那天她终于回来了，啥话都不说，往床上一躺，直睡到第三天早上才一骨碌起来，似乎又恢复了原来干脆利落的样子。

吃了早饭，丙尧和娘聊天，说起那晚的梦。娘喃喃地说，丙尧，那是你的天眼没有完全闭上，所以梦中的事得到了应验。你爹死那回，你也跟我说梦见你爹死了，当时我打了你一巴掌。后来，娘就再也没有打过你。

丙尧已经记不得了，那时他还是个刚学会说话、走

梦里有你

路跌跌撞撞的孩子。

丙尧用他娘说的天眼看了一眼山脚下，他希望看到那儿有满载而归的渔船，还有人们欢快的笑容。可是，灯子山静悄悄的，海面静悄悄的，一下子死了那么多男劳力，村里死一般的沉寂。

丙尧娘叹了口气，这人哪，谁知道哪天说没就没了呢？阎罗大王想把你现在叫去了，你想赖一个时辰都不行。

丙尧看着娘脸上的皱纹和花白的头发，叫了一声，娘！眼泪突然流了下来。

规　矩

章前导读：聚海家来了一位客人，热情好客的聚海做了一道拿手好菜，让客人赞叹不已。聚海的儿子对客人独自享用那盆鳓鱼很不满，让搞不懂吃鱼规矩的客人很是尴尬。

有一天，聚海家来了一位客人，据他说是聚海小外婆的外甥。因为家穷，从小被过继给了外岛的远方亲戚。

小外婆的外甥成年后，想起以前自己生活过的地方，就来认亲。到了岛上才知道，长辈们大多已去世，他们的子女又不认识他，只有聚海对这个小外婆的外甥还有点印象，毕竟也算是亲戚，何况大老远跑来，聚海就留他在家里吃饭。

第二辑　有人抓住了她的脚踝

小外婆的外甥姓姚，单字明，当然跟篮球明星姚明是一点也沾不上边的，那时姚明还没出生呢。

聚海虽然也算海岛人，但他们家世代务农，家里没有一个人是渔民，田里种的菜倒是现成的，鱼却要到菜场去买。聚海转来转去，终于下定决心买了一条鳓鱼。

聚海有一手绝活，是他娘在世时教给他的。不过鳓鱼贵，除非有客人来，自己是舍不得买的，所以，聚海的这个手艺一直很少有机会展露。

聚海把鱼身上崭亮的鳞片刮下来，然后用缝衣针一片片地把它穿起来。姚明看见了，奇怪地问，这鱼鳞做什么用？

聚海老婆说，姚明你有口福，聚海要烧一道好菜给你吃哪。

姚明觉得稀奇，便挤在狭窄的厨房里不肯走。看聚海剖干净鳓鱼后，在鱼身上撒了盐、生姜片，浇了料酒，然后在铁锅里放了水，把一个用毛竹片编成的镬羹架在铁锅里，上面放了装鱼的盆子。

聚海说，你问我鳞片做什么用，用处大着呢，这鱼好吃的秘诀就在这儿，一般人都是直接连鱼带鳞蒸了。边说边把鳞片串挂在锅盖内顶的一根竹梢上，使鳞片串与瓷盆处于若即若离的位置。

聚海老婆往灶里添着柴火，说，这火候也有关系，火不能太旺，也不能太小。

姚明边跟聚海夫妻俩说话，边不眨眼地盯着锅盖，一会儿，蒸汽冒上来，锅盖里飘出一股鱼香味。他本是已经饥肠辘辘，那股香味馋得他的胃不自禁地痉挛了一

梦里有你

下，嘴巴里有一股涎水直往外冒，他赶紧咽了一下。

鲜白鳓鱼来咧！聚海老婆把热气腾腾的鳓鱼端上了桌，姚明一瞧，鳓鱼的身上有一层亮晶晶的东西。

看见了吧。聚海有点得意地说，蒸汽把鱼鳞熬出油来，滴到鳓鱼身上，油渗入到它的肉里去，这味道就不一样了。你尝尝，鳓鱼刺很多，当心哦。

姚明赶紧夹了一块，因为吃得太急没尝出滋味来。于是又挟了一块，这次感觉到了，果然鱼肉厚而不腻，鲜香爽滑。

姚明边吃边说，我听说你们这里有首歌谣是这么唱的：一粒泥螺一口饭，蟹糊味道交关赞。鳓鱼和这两样比起来，不知哪个味道更好吃？

聚海说，下面还有两句是这么唱的：入秋腌坛臭冬瓜，吃到腊月过年关。臭冬瓜我们倒是天天吃，你要不嫌弃的话，盛几块来尝尝如何？

聚海老婆就从羹橱里搬出一碗腌冬瓜来。姚明闻到一股味儿，不由皱了皱眉。聚海说，别看它臭，味道好得很呢，自己挟了一块就着泡饭呼呼地吃了下去。

聚海有个儿子，刚读小学一年级，对客人独自享用那盆鳓鱼很不满，但爹娘背地里交代过，这鱼是要给客人吃一天的，他们绝不能动筷子。所以，他扒一口饭，看一眼鳓鱼。他想客人不管如何都该挟块鱼肉给自己吃，可是看样子他吃得太高兴了，忘了一切。

哼，吃着鳓鱼，还想着泥螺蟹糊，当我们家是大富翁呢。聚海儿子偷偷对客人翻白眼。

姚明吃得满头是汗，说，聚海哥，你有这好手艺干

> **第二辑 有人抓住了她的脚踝**

吗还当农民，卖菜能赚多少钱，开个饭馆，比这强多了。

聚海笑笑，做生意哪能这么容易，我们只懂得侍候庄稼。做拿手的菜，也就会那么一两道。

聚海儿子一直紧张地注视着姚明筷子的走向，他看见鳓鱼的肉越来越少，眼见得他伸出筷子要把另一面翻过来，又惊又急，忍不住大叫起来，客人翻向嘞！

聚海和老婆被吓了一跳，见客人好端端地坐在椅子上并没有摔倒，呵斥道，你胡说什么呢！

聚海儿子指着盆里的鱼，他不是要把鳓鱼翻过来吗？

聚海看着姚明笑眯眯地说，我们虽然不是捕鱼人家，但这里吃鱼有个规矩，吃鱼不能翻鱼身。扒拉掉鱼刺后，再顺着吃。这小鬼以为你不懂吃鱼方法，心急乱说话，你可别在意啊。

姚明的脸一阵红一阵白，伸着筷子挟也不是，放也不是，尴尬地连声说，不会不会。

内部消息

章前导读："我"因为参与非法集资案导致钱被骗，在朋友聚会上认识了叶丹成，通过他打听到集资案的内部消息，并叫"我"千万别往外传。谁想在一次聚会上，大家都在说知道内部消息。原来，叶丹成把同样的消息告诉了别人。

梦里有你

我认识叶丹成是在一次朋友聚会上，叶丹成是我的一个好朋友带来的。我们一杯一杯地喝酒，自己喝，也让别人喝。一个个喝得东倒西歪，醉态百出。酒让我们豪气万丈，也一下子拉近了我们的距离。

散会后，因为和叶丹成同路，我们互相搭着各自的肩膀，边走边聊。叶丹成酒量很好，喝了那么多酒，说话却依然思路清晰，跟平常无异。我走路虽然有点不稳，可脑子还算清醒。

我们聊着聊着，说到前不久轰动全市的辛丽丽集资案，这个女人非法集资3亿多元，据说因为上头资金链断了，叫家里人陪着去了公安局自首。这些日子，市政府、公安局门口挤满了那些被害人，长长的横幅上写着：政府要为百姓做主！辛丽丽，还我血汗钱！

也许是酒后一时冲动，我搂着叶丹成的肩膀说，兄弟，不瞒你说，我也在她那儿投了五十万元。我没敢说，也不敢乱打听，要是让单位知道，那还不被开除。这些钱，有我丈母娘的，还有我小姨子的，他们逼着问我要钱。这些日子，我头发都愁白了我。

叶丹成安慰我，我有一哥们在公安局，到时帮你问问。

过了几天，叶丹成找到我，说是辛丽丽的一家酒店资产拍卖款500多万元已转到公安机关账户，在六合园那儿辛丽丽还有两套别墅，目前已被公安机关扣押，下星期要公开拍卖。

我看天色不早，于是带着叶丹成去了附近一家饭馆喝酒，并敬酒再次表示感谢。为了这事，老婆已经跟我

> 第二辑　有人抓住了她的脚踝

冷战好些天了。当初她们还不是求着让我托人给辛丽丽送钱的，现在出事了却来怪我。女人总是这么不可理喻。

这是内部消息，你可千万别告诉别人。叶丹成诚恳地看着我说，我那哥们也是偷偷告诉我的，他可是冒着丢乌纱帽的风险。咱把你当作好哥们才告诉你的。

我知道我知道。我连连点着头，心里涌过一道暖流，到底是哥们，仗义！我又敬了叶丹成好几杯酒。

晚上，我把这消息告诉了老婆，她终于露出了一点笑容。不过，老婆皱了皱眉头说道，这点钱能不能先还给我们还不好说，分到我们手里有多少呢？

我想也是，上亿元的集资款，有多少人头抬着等这笔钱呢。

过了两天，我们一帮朋友又聚在一起喝酒。那晚，叶丹成没来，说是去泰国旅游了。

我们边喝边聊，又说到辛丽丽的事情上去了。咱这地方不大，说来说去也就那几件事。

那件事据说牵连的人太多，估计要到明年才能结案。

你怎么知道？

哦，那人愣了一下，吞吞吐吐地说，听说是内部消息透出来的。

说到内部消息，我听说，辛丽丽在六合园那儿有两套别墅，下星期要公开拍卖了。又有一个人说

对，我也听说了，据说她的一家酒店资产拍卖款五百多万元已转到公安机关账户。

我听得一愣一愣的，放下酒杯，瞪着那人说，咦，原来你们都知道啊，到底怎么回事？

梦里有你

内部消息。不过也就在这饭桌上说说，咱们都是好朋友，千万别往外传啊。

是不是，说了那哥们要丢乌纱帽？咱可是把你当作好哥们才说的。我笑着问。

对对对。咦，你怎么也知道？你们俩好像不太熟啊。

咳，内部消息嘛。也就今晚说说，幸亏他不在。要不，又该有内部消息了。另一个人说。

大家都笑了。原来，他们都知道。

我苦笑着低下头，想起老婆的那张黑脸，喝酒的兴致一下子全无。

格 局

章前导读：李天力的大学好友因为痴迷一女子不得而自杀。多年后，李天力随单位外出考察，不想酒店旁边竟是一冢冢的墓穴。在墓地里，李天力意外遇见他的女上司，让他对之充满了各种疑问和猜想。

星期五，市文化广电局的一些中层干部随领导外出进行考察活动。一辆商务车，刚好坐下八个人，李天力也在列。

兄弟局把他们安排到了一个风景怡人的酒店，安排住宿、吃饭、游玩，一干人玩得乐不思蜀。

那天早上，李天力早起，他披了件外套朝后山走

第二辑　有人抓住了她的脚踝

去。酒店背山面湖，山上种植着大片苍翠修长的竹子，风儿吹过，唰唰作响。"空气真个是好哇！"李天力边赞叹边深深地吸了口气。太阳朗照，李天力走得有点热，他脱了外套。竹林间有个石筑的台阶，一直通往上面的路径。李天力登上台阶，突然间，他看见一冢冢的墓穴错落有致地掩映在绿竹丛中，像是另外一个幽静无声的世界。李天力心下一惊，怪不得他来这儿有种隐隐相识的感觉。十年了，这儿发生了那么大的变化，原先外围只是一些零落的农民房，看来是拆迁后建成了现在这个酒店。

正是春天，墓穴周围的山坡上有大蓬大蓬黄色的野菊花，开得明亮艳丽。李天力采了一大把，抱在怀里。这儿，埋葬着一个他大学时的同学，十年前，他曾经来这儿送过丧。

李天力依稀记得墓穴在最高处的第二排。那时，因为这片区域离市区远，而且刚建不久，葬在此地的人还不多。墓穴具体靠东面还是西面，李天力有点忘记了。他一步步地爬上去，直累得气喘吁吁。

李天力在墓与墓之间的小径上一个个地寻找着，他眼睛高度近视，几乎把脸贴近了墓碑，一边擦着脸上的汗珠一边轻声说：打扰了打扰了！

前面，有个女人神情悲痛地站在墓碑前，李天力的脚步声和说话声惊动了她，她转过头，正遇上李天力吃惊的目光：刘局！

刘局看着他，细眯着眼睛，朝他点点头，看到他怀抱花儿的样子，微微一笑，径自下山去了。

梦里有你

李天力看着刘局娉娉袅袅的身影一直消失在一片翠竹丛中才惊醒过来，墓碑前，放着一束黄色的野菊花，正是肖雄的墓地。李天力把花放在墓碑前，抚摸着墓碑，喃喃说："肖雄，我来看你了！"

当年读大学时，他、肖雄还有另外一个叫陈威的同学被称为校园三大才子，他们又同住一个寝室，成了几乎无话不说的好朋友。后来毕业，三人各奔东西，只听说肖雄去了一家出版社当编辑。再后来，传来他陷入情网痴迷一女子不得而自杀的消息，这件事闹得全城沸沸扬扬。陈威告诉他，那女子漂亮有才气，的确是一尤物，可惜她已有恋人。肖雄情陷其中不能自拔，竟至走上不归路。

李天力站在墓碑前，脑子里一直浮现着刘局那张娇美的面容和苗条的身姿。都说刘局有一副好口才，写得一手好文章，她的发言稿从来不用秘书写。李天力算了算她的年龄，跟肖雄差不多。莫非，她曾经就是肖雄痴恋的那个女子？还有，他们为什么会选择来这个地方，不是另有目的，岂会选一个与墓地相近的酒店呢？

李天力站在墓碑前，脑子里纷乱一片。如若如此，自己岂不是撞破了刘局的秘密。听说刘局的婚姻并不幸福，这样一个美貌有才气的女子，有点绯闻也不奇怪。

第二天，他们打道回府。李天力偷偷观察刘局的表情，觉得她对自己的态度比来时冷淡多了。下个月，他们局要举行一次中层干部竞聘大会，早就传闻他们科和另外一科要合并，至于谁当科长还未确定。李天力想：以自己的资历和工作能力，完全能当选，这次在墓地的

第二辑 有人抓住了她的脚踝

误撞刘局事件让他心中无底了。

李天力托关系找跟刘局熟悉的人说情，明里暗里也多次向刘局表示自己不是一个多言饶舌的人。到了月底公开竞聘宣布结果的时候，李天力落选了。

李天力去了刘局办公室，门也未敲径自闯入。刘局正打电话，看见他眉毛一挑，捂住话筒威严地说："怎么不敲门？"

李天力说："不就你那点破事吗？我懒得关心，为什么把我的职给我撤了？"

刘局摁掉电话，说："李天力你说什么呢？把话给我说清楚。"

"我真为肖雄不值，害他为你丢掉性命。你这么一个心胸狭窄的女人，不配！"

刘局呆了一下，突然笑了，"哦，你说的是给肖雄扫墓的事儿。你不是认识陈威吗？可以找他问问。"

李天力愣在那儿，不知道她说的是什么意思。刘局说："你出去，我要打个电话。"看李天力嗫嚅着还想说些什么，她有些厌烦地挥挥手，低声说了一句："还才子呢，做人格局这么小！"

李天力回到办公室，心里七上八下。他已有好几年没跟陈威联系了，辗转了好久，他才从别人处打听到他的电话。

"天力你小子，亏你还记得我。要不是你们刘局说起你，我还不知道你在这个单位呢。"

李天力跟陈威天南地北地聊了一会，知道他现在搞房地产，赚大发了，前两天刚从欧洲旅游回来。拐弯抹

梦里有你

角了许久，李天力说起刘局给肖雄扫墓的事儿。

陈威说："肖雄自杀后的第二年，他的父母也相继伤心过世，他没有兄弟姐妹，因此我每年都去给他扫墓。今年我要忙很多事，知道赶不回来，所以托你们刘局代为扫墓了。你不知道，她比我们高两届，是我们的学姐呢。"

李天力的心一阵一阵抽紧，不知道陈威后来还说了些什么话，也不知道自己是如何跟他道再见的。他走出办公室的时候，天已经黑了。他想起刘局说他做人格局太小的话。也许，这就是自己竞聘落选的原因吧。

▶ 第三辑　一个破纪录的男子

第三辑　一个破纪录的男子

分类导读： 黄昏的湖边，湖水清冽，空气清新，初春的寒意渗入李贵祥黝黑的肌肤，他定定地望着水面。突然间，如醍醐灌顶，对呀，自己应该去更大的城市，寻找更大更好的河和湖。他只有破了全国纪录，才能成为全国钓鱼第一人。然后，他要去世界各地钓鱼，破世界纪录。

于是，雄心勃勃立志破纪录的李贵祥再次踏上了去大城市的路。

落　桄

章前导读： 在偏僻渔村住了一个月的扫盲老师米海松回家过中秋节，却不想途中遇上大风，眼看命悬一线，船长杜海临危不乱，用他高超的驾驶技术救了全船人的性命。

梦里有你

"明天就是中秋节了，放假一天，大家回去和家人过个团圆节。船村里会安排好，吃过中饭后就走。"陈校长结束会议前宣布。

米海松开心得几乎要笑出声来，他们这个扫盲组已在田浪村蹲点了一个月，这一个月里，他们白天晚上都教课，有时还要下到船上辅导渔民学习识字。

田浪村是个悬水小岛，岛民以渔业为主，兼作农业，因地处偏僻，生活普遍很穷。米海松来自县城，虽然不是大城市，但这个渔村的简陋和落后还是让他吃了一惊。

吃过中饭后，村主任来了，他说，下午可能要刮大风，是不是不走了？

陈校长看了一眼大伙，对村主任说，两个半小时的水路，应该不碍事吧。

米海松说，回去我要好好洗个澡。田浪村缺水，他几乎有一个月没洗澡了。

有人说，我要让老妈给我炖红烧肉吃。

大家七嘴八舌地说着。村主任说，看样子留不住你们，幸好，杜海是个有经验的船长。

米海松兴高采烈地跟着大伙跳到了船上。放好东西，他踱到船舷边看了一会儿海，海面浊浪翻滚，海鸥飞翔在海面上，船在泛着白沫的海浪中向前行驶。

米海松想，这风也不大啊。他看了一眼手腕上的上海牌手表，船已经开了半个多小时，再过两个小时就可以到家了。

杜海船长在驾驶舱里喊，米老师，去舱里睡一觉吧，船还要开好一会呢。

第三辑　一个破纪录的男子

米海松答应着，他脚站得有点酸，便返回船舱。陈校长和同事睡在狭小的船舱里，两边是渔民的卧铺，只有半张门板宽。米海松看着积满油渍和看不清颜色的枕头被子，皱了皱眉头，还是睡下了。

不知多久，米海松迷迷糊糊中被鞭炮炸醒，他想：又不是过年，怎么会有鞭炮声？又想：不对啊，海上怎么会有鞭炮声，难道船靠岸了？

过了一会儿，陈校长钻进船舱来，船长说，这鞭炮声是预报大风要来，叫船快点回港避风呢。这前后都不着地的，船只能往前开了，希望能顺利平安到达。

大家面面相觑，都不敢说话，一会儿，风果然渐渐大了起来，船开始颠簸。船忽而被海浪举起老高，忽而又深深地沉了下去，舱面上的东西被刮得噼里啪啦直响。

米海松是第一个吐的，他的胃翻江倒海似的难受，终于熬不住，吐得稀里哗啦。这下，似乎是个诱导器，船舱里响起此起彼伏的呕吐声。他们这帮师范生参加工作不到一年，平常又不锻炼，体质当然弱了。倒是陈校长还硬撑着，给这个倒水、给那个擦脸，在风浪中忙得跌跌撞撞。

风浪越来越大，船像个醉汉在海洋里弯弯曲曲地走"之"字形，海水不断漫过船舷涌到船舱里来。米海松听到船长声嘶力竭地喊着，这样下去船要崩壳，快点落桅！

米海松已经把中午吃的食物都吐光了，现在吐出来的都是黄水。他不知何为落桅，但听船长的口气，那是一种破釜沉舟的做法。

梦里有你

有人在喊，大慈大悲救苦救难观世音菩萨救命！有人号啕大哭，米海松想起爹娘，这一次是不是命中注定要阴阳两隔，热泪禁不住涌了出来。

他听见船长大声呵斥着伙计：不许哭，哭了脑子要发昏。做好准备工作，立刻落椇。听我命令，一、二、三，推起，下椇！

米海松看见自己吐出了一大口鲜血，然后昏了过去。等他醒来，船已经靠岸，外面，天色漆黑一片，两个半小时的水路他们整整开了近十个小时，到达时，已是半夜。

后来，米海松他们在陈校长带领下去杜海船长家吃饭。豪爽热情的船长烧了整整一大圆桌菜，全是海鲜。

米海松问，你那天在船上说落椇，是什么意思呢。

船长说，将船180度掉头，再将一条结实的缆绳捆住网具抛下海中，这样，船头就顶着风浪随波逐流。那也是没办法的办法，最危险的是在船掉头时，海浪横向连续不断打来，一浪就可以把船打翻。所以我要大家镇定，落椇时齐心协力，幸亏后来风浪渐渐小了，大家命大呢。

陈校长说，大难不死，必有后福，我们一起敬船长。

这一刻，米海松明白，是杜海船长的临危不乱和高超的驾驶技术救了全船人的性命。他站起来，恭恭敬敬地敬了船长，然后一口喝干了杯里的酒。

第三辑　一个破纪录的男子

一个破纪录的男子

章前导读：村民李贵祥偶然钓到一条大鱼，破了村里的记录，于是萌发去城里钓鱼破别人纪录的念头。他一次次的出发，一次次的失败，直到有一天，他又上路，因为他想破全国纪录，然后再去破世界纪录。

这天早上，李贵祥已经坐在河边两个多小时且一无所获，当他准备收拾钓具打道回府时，突然发现浮标动了一下。他耐着性子慢慢地收线，发现拉起来很沉。

"哟，是条大鱼！"

李贵祥知道不能拉太猛，否则线会拉断，还可能脱钩。于是他不停地放线，收线，直到他觉得大鱼被折腾得快没力气时，才开始往河边拉。

大鱼浮出水面时，李贵祥才发现鱼有一米多长，鱼还在鱼钩上慌乱挣扎着，李贵祥怕鱼挣脱鱼钩跑到河里去了，心一急，大叫："快来人哪！快来人哪！"

钓鱼的人赶过来，费了好大劲才把鱼捉住。这条鱼的一对胸鳍像两把大扇子，背部的鳞片有普通扇贝那么大。李贵祥叫了两个人帮着把鱼抬到村子里。冯来伯拿大秤一称，足足有六十八斤，他兴奋地说："奇迹呀，贵祥，咱村里有二十多年未钓到这么大的鱼了。前些年，村东头杨全他爷钓到过一条大草鱼，还没你这么大。你这是破了咱村里的记录哩。"

李贵祥惊喜地说："真的啊？"

梦里有你

他叫上看热闹的阿毛,"阿毛,帮我抬上鱼,等下我赏你一块鱼肉吃。"

李贵祥和阿毛抬着大鱼在村里游行,阿毛叫喊着:"快来看快来看,贵祥钓上大鱼了!贵祥破了村纪录了!"

村里人都围拢来看,啧啧称羡。小孩子默默摸摸鱼头,摸摸鱼身,摸摸鱼尾,含着手指直流口水。

在村里转了一圈,阿毛说:"贵祥,我肚子饿,咱可以吃鱼了吧。"

李贵祥骂了声:"馋得你!走吧走吧,去我家。"

李贵祥是个鳏夫,前几年老婆去世,也没留下一个孩子,他东荡西逛,以钓鱼为业。

走到半路,李贵祥说:"阿毛,咱不吃鱼,咱抬到镇上去卖。这么一条大鱼,少说也有好几百元可以卖。到时,我分你点钱。"

镇上的人看到这么大的鱼都围过来看,问多少钱可以买?还说不如割了鱼肉一块一块卖。

李贵祥摇摇头,他知道那些人是不会整条买的,鱼分割了就显示不出它的价值。他要等待一个大买主。

这时,一个戴眼镜手拿相机的人过来,对李贵祥自称是镇里的通讯员,详细问了李贵祥的钓鱼经历,末了还对鱼和李贵祥拍了照。李贵祥很配合地完成着一套套动作,拍照的时候,微笑地抱着鱼,如抱着一个大娃娃。

过了几天,有人拿来一张报纸,说李贵祥和他钓上的鱼登上了县报,连阿毛也跟着沾了光,虽然只是个侧影,但村里人都认识这个人就是阿毛呢。

李贵祥成了远近闻名的钓鱼高手。接下来,他打点

第三辑　一个破纪录的男子

行装，说要去县城钓鱼。他听那个通讯员说过，乡里镇里的钓鱼高手也从未钓到过这么大的鱼，县里有个钓鱼协会，他们钓鱼技术精，不知道有没有钓到过比这更大的鱼。

于是，李贵祥就去了县里钓鱼。一天天过去了，鱼倒是钓上来不少，但他始终未打破自己创下的纪录。

有一天，李贵祥和几个钓鱼人在湖边静静地钓鱼。鱼老是咬钩，但就是不上钩，等李贵祥拿鱼竿一拎，鱼饵没了，鱼却逃走了。

手气不好。李贵祥自我安慰道，人生不会总是顺途，要守候要忍耐。有了这句话打气的李贵祥继续坐在湖边的小石凳上钓鱼。

这时有人叫："我钓到大鱼啦！"

李贵祥心猛地一沉，他慢吞吞地走过去，只见那儿围着一群人，一条大鱼在草丛中做垂死挣扎，有人正用手机对着它拍照。

"四五十斤重吧？"他有些酸溜溜地问。

"瞧你说的，这么大，起码有八十斤。"

"是啊，八十斤肯定出头。"

李贵祥失望地收拾起鱼竿，想：他破了我创下的记录了。

李贵祥走在路上，心里空荡荡的。接下来好几天，他都没有去钓鱼。

这天，寂寞难耐的李贵祥又去湖边看人家钓鱼，看着看着，他突然想：那个人只是破了我的纪录，我要去市里，钓到比他更大的鱼。于是，他拿着钓具登上了去市里的火车。

梦里有你

李贵祥去了市里的钓鱼协会，人家告诉他，市会员最好的纪录是钓到过一条91斤重的大鲢鱼。

李贵祥想：好，我就破你这个纪录。

时间一天天地过去，李贵祥一直未钓上过一条大鱼，他也从未见到谁钓到过比他在县里看到的更大的鱼。

在钓鱼的时候，他一遍遍地向人介绍他曾经钓到过一条68.5斤重的大鱼，破了纪录、上了报纸的事，直到周围钓鱼的人看见他就收拾钓具另寻他处。

李贵祥在城里待的时间比较长，这些年，他没回过一次家，他觉得自己如果没有打破纪录，是无颜面对村里人的。

黄昏的湖边，湖水清冽，空气清新，初春的寒意渗入李贵祥黝黑的肌肤，他定定地望着水面，突然间，如醍醐灌顶，对呀，自己应该去更大的城市，寻找更大更好的河和湖。他只有破了全国纪录，他才会成为全国钓鱼第一人。然后，他要去世界各地钓鱼，破世界纪录。

于是，雄心勃勃立志破纪录的李贵祥再次踏上了去大城市的路。

你能跑得过车子吗

章前导读：柱子和亚亚是一对小夫妻，打工，租住别人的房子，几乎连房租都付不出。但两人每天都很开心，就连房东也纳闷：这对小夫妻，不知道有什么事值能每天笑，穷日子也这么好开心。

第三辑　一个破纪录的男子

油菜花开了，金灿灿亮闪闪的油菜花挤在田野里耀眼得直闪人眼。

饭后，柱子擦干净自行车朝屋里喊："亚亚，碗洗好了没？我带你去看油菜花！"

"好嘞！"亚亚匆匆甩干湿漉漉的手，跑到镜子前，掏出唇膏往嘴唇上抹，然后整整衣服前后转了一下，跑出门朝书包架上一坐，笑着挥了下手说："出发！"

柱子的自行车骑得飞快，一忽儿，就到了海边。亚亚说："慢点慢点，我要看看大海！"

阳光下，大海像洒了一层金箔似的闪耀着点点夺目的光亮，几艘渔船在海面上轻轻荡漾。一艘渔船驶离了码头，发出"哒哒哒"的马达声。

柱子看着看着脸上突然显出孩子气般的笑容来："亚亚，咱俩换个位，你来骑。"

亚亚骑上车，柱子并没坐上去，而是跑了起来。亚亚骑得快，柱子就追得紧；亚亚骑得慢了，他就放缓了脚步。亚亚笑着说："你能跑得过车子吗？"她加快了速度。

柱子喘着气在后面直追，一辆工程车开过，他被淹没在一片噪声与灰尘之中，亚亚红色的衣服变得模糊。风声在柱子耳边呼呼吹，大海、渔船、码头以及白色的马路往后闪过。他拼命地奔跑着，边跑边乐，渐渐地，前方出现了一片金黄色的田野。柱子终于追上了亚亚，他拉住车的书包架，两腿一跨，坐了上去。两人在车子上笑得上气不接下气。

到了田野边，亚亚把车往地上一放，闭着眼使劲嗅

梦里有你

了一下,油菜花带着一股鲜嫩的香气吹拂过来,"真香!"

柱子跑开去,蹲在亚亚的面前,用手指搭成两个圈圈做拍照状。亚亚的后面是漫无边际的油菜花,亚亚在花丛前灿烂地笑,她的红衣服和脸上的笑容在油菜花的衬托下特别美丽。

"亚亚别动!"柱子"咔嚓"了一下,两个圆圈变成了两个半圈。亚亚笑着,依然在那儿不停地摆Pose,一忽儿扭了身子做回眸状,一忽儿托着红彤彤的脸颊蹲在花丛前,一忽儿张开手臂仰望前方。那儿,有一大片在建的楼房,亚亚说:"柱子,我看到了我们的房子。"

柱子跑过来,和亚亚并肩站着,用手遥指着说:"这套,这套,还有这套,都不错。亚亚,你说哪套做咱的房子好?"

亚亚说:"我不要太高,我有恐高症;也不要马路边,太吵。我要一套朝南,能看得见田野和油菜花开的房子。"

柱子说:"我要有一间很大的卧室、有个客厅、有个阳台的房子,阳台上,可以种很多花草。"

亚亚说:"对,还要再加一间卧室,将来给我们的宝宝住。最好还有间书房,我要买很多书,我和宝宝都要看。"

柱子说:"我要把房子装修成欧式风格的,奢华高贵,典雅大气。"

亚亚说:"不行,我要装修成地中海式的,清新简约,自由浪漫,适合我们年轻人住。"

于是,两人在房子装修成欧式和地中海式的问题上笑着嚷着打闹着,无边无际的油菜花似乎也感染了他们的情绪,在风中开心得摇曳起来。

▶ 第三辑 一个破纪录的男子

　　黄昏的时候，柱子和亚亚骑着车到了家，房东走过来，"柱子，日子到了，这个月房租什么时候给我？"

　　柱子摸摸脑袋，不好意思地说："瞧我这记性。行，钱我等会送过来。"

　　柱子朝着亚亚做了一个鬼脸，他从兜里掏出几张纸币，凑起来刚好一百元。"亚亚，我就这么多了，你那儿看看还有没有？"

　　亚亚从皮夹里找呀找，找出三张五元的，一张十元的，亚亚说："我去哪儿变个戏法，再变出五元来？"她在每件衣服的兜里掏呀掏，这时，柱子从床头上找到了钱攥在手里，跳到亚亚跟前说："亚亚，我变出五元钱了。"他把手掌张开，伸到亚亚面前。亚亚欢呼着拿过钱，又重新数起来："五十、七十……一百……一百三十。够了，我这就去送钱了啊。"

　　房东听着房子那边传来的欢笑声，自言自语地说："这对小夫妻，不知道有什么事值得每天笑的，穷日子也这么好开心啊。"

下次我找你

　　章前导读：单身男子李路元通过微信认识了开瑜伽馆的李莉，约了见面，互掏身份证辨别身份后，因为李路元外形的肥胖，本已无意的李莉突然变得热情起来。

梦里有你

李路元捏着手机无事，打开微信，那儿有个摇一摇的功能。还果真有缘，加了微信后，跳出一个头像，是个漂亮的女子。她说在据李路元500米左右的"梦芭莎"服装店门口。

李路元说，你再往前走大概100米，那儿有家"纯情年代"茶吧，我在那儿等你。

李路元虽然单身，但交女友也有个原则，一不交土得掉渣，二不交三围相等，三不交势利虚荣。前两个可以直观，后一个需要观察。

李路元坐在茶吧一个偏僻的角落，面对茶吧正门。万一对不上，他可以从后门溜走，这儿他可太熟悉了。

黄昏，茶吧生意清淡，里面坐着一个神情落寞的单身女子，眼睛不时看向门外的年轻男子，以及一直低头看手机的高个男。服务生在吧台前无聊地一个劲打哈欠，把李路元的哈欠也引出来了，当他打到第八个哈欠用纸巾擦着流出来的泪水时，一个年轻女子进来了。

她在门口稍微停了一下，似乎是在适应里面的黑暗，然后，径直朝李路元走来。

罗宾汉。女子轻轻叫了李路元一声。这是他在微信上取的名字。

李路元点点头，重新戴上墨镜，"查一星？"本市姓查的人稀少，可能是真名，也可能像他一样是微信名。

查一星坐下来，说，你刚才还在浏阳街。路可比我远了，怎么比我还早到？

李路元不动声色地说，我是开车来的，所以很快到了。这套话李路远太熟悉了，他觉得自己也没骗她，虽

第三辑 一个破纪录的男子

然他开的是电瓶车。

李路元叫来服务生，问她，你喝什么茶？

菊花茶吧。

李路元又叫了几个小点心，一份瓜子，一份爆米花。

查一星笑着说，不用这么多吧，哪吃得完。

查一星长得漂亮，肤色白净，鼻梁高挺，说话声音软软糯糯的，只是笑起来眼角有了鱼尾纹，看起来也有近三十了吧？

李路元相信人是有缘分的，他感觉第一印象不错。他们继续话题，聊到了时下的房价。对于这个，李路元显得心平气和，不像那些买不起房子的愣头青说起这事来就青筋暴绽，唾沫四溅。

李路元感觉和查一星谈得很投机，不知不觉时间划向了七点。查一星说七点半还要去瑜伽馆，她从包里掏出一张东西递给李路元，说，你能不能也让我看看？

李路元发现这是一张身份证，证件上的女子扎着马尾，比眼前的查一星年轻。不过现在的查一星更成熟、气质些。她果然不叫查一星。李莉，一个全中国不下上万人雷同的名字。

稀奇，李路元还是头次遇到一个要他拿出身份证辨别身份的女子，他似乎有些不情愿，但还是把证件交给了这个真名叫李莉的女子。

李莉接过身份证端详了一会，说，李路元，你能不能摘掉墨镜？

李路元笑了一下，说，不会吧，搞得你好像是个警察。

梦里有你

李莉看了一下身份证又看了看李路元，说，好像不太像啊，这照片上的人是不是你啊？

当然是哥了，这还有假！李路元又戴上墨镜。

李莉说，时间不早了，我先走了。

李路元说，要不要我送你？

李莉说，不用了，我自己有车子。

李路元送李莉走出来，楼梯口，他照见镜子上的自己，肥厚的下巴，粗大的腰围，恍然大悟地笑了一下：我以前140斤，现在180斤，你说，这容貌差别能不大吗？

是这样啊，李莉笑了起来，喏，她从包里拿出一张东西，这是我开的瑜伽馆名片，欢迎你去光临。你这样胖，练瑜伽保证可以减肥。

李路元拿着名片笑了笑，说，我试过很多种方法，一直减不下来。的确，自从他当了餐厅厨师后，人就像吹足气的球圆胖起来。

你看看我，我以前130斤，后来一直练瑜伽，减到95斤。真的，要不，现在办张卡，我给你打折。

李路元说，正好我7点半也要去办件事，这样吧，下次我找你。

好，李莉说，记得啊，一定找我。

李路元看着李莉上车，开走。他低下头，把攥在手里的名片扔进了路边的垃圾桶。

第三辑　一个破纪录的男子

三只蟹到底有多长

章前导读： 江南村捕蟹获得大丰收，村民信宽说今年的蟹三只加起来有一人长，阿原不信，引发争执，推搡中信宽倒下。慌乱无助的阿原回家，听见妻子说三只蟹有一人长，他回去找信宽，地上却不见他的身影。

信宽站在村里的大埠头边，手罩在眉沿上，望着码头上拥挤的船只和人群，羡慕地说，这下咱们江南村发了。

阿原说，鱼随潮，蟹随暴。今年台风这么多，我早说过这次捯蟹一定会大丰收的！

一篓一篓的梭子蟹抬上码头来，阿原的儿子调皮，在忙碌的人群间跑来跑去，还用手去抓那些张牙舞爪的螃蟹玩。不一会，阿原听见了儿子叫爹喊娘的哭嚎声。

阿原跑过去，儿子疼得跳脚，用力甩着被手上钳在螃蟹，没想到蟹脚越钳越紧。阿原手忙脚乱间，看到有一只装满水的塑料桶，连忙抱着儿子跑到桶前，把那只被蟹钳住的手放到桶里，蟹立刻游到水里去了。

阿原看到儿子的手指被拽得脱了皮，又急又心疼，忍不住拍了儿子一巴掌：让你皮！让你皮！

阿原把儿子背到村医务室，医生给伤口消了毒，搽了药，简单包扎了一下。立刻，儿子又活络起来，乘阿原和医生说话的当儿，一溜烟地跑了。

阿原出了门，朝码头方向望了一会儿，想了想，朝回家的路上走去。前些年，阿原在船上干活时，不小心

梦里有你

跌入了船舱，命是保住了，但脚落下了残疾，再也不能上船出海捕鱼了。

阿原想：假如自己仍在船上，今天也是一样的满载而归、体面风光呢。

周围很静，只有风吹着阿原有些落寞的脸颊。村里人都跑去码头看拢洋的亲人了。阿原一拐一拐地走上土坡，突然听到后面有人叫他的名字。信宽兴冲冲地朝他跑来，阿原阿原，我刚才去看了一下，捕上的蟹真的好大好长啊，我估摸了一下，三只蟹有一人长啊。

瞎说，再大再长的蟹，三只拼起来有你我一样长吗？阿原比画了一下。不可能有这样长的蟹。

真的，不骗你，比我长啊，一只蟹就有那么长。信宽急红了脸，两只手朝两边伸展比画着，这么长，这么长呢！

阿原露出不屑的神情，我撑船撑了二十多年，捕上的蟹不计其数，从未见过这么大这么长的蟹，就连听都没听说过。阿原摇了摇头继续往前走。

信宽急了，看了看周围，没有一个人可以替他作证。他是个较真的人，他拉住阿原的手，我没瞎说，阿原，你跟我去一下码头就知道了。

阿原说，我不去，要去你自己去好了。

那蟹狠着呢，它也钳我，要不我肯定去抓几只来让你瞧瞧。阿原，你敢不敢跟我打赌，要是我赢了，你喝下一桶酒，你赢了，我喝下一桶酒。

信宽，我不想跟你赌，我要回家去烧饭呢。

信宽不依，扯住阿原衣袖，阿原，你不像一个大男

第三辑 一个破纪录的男子

人,舱里那一跤把你跌蔫了!

阿原虽然上岸多年,但渔民的火爆脾气仍在,他使劲一搡,这一下力道不小,信宽脚下一滑,人像一棵被伐倒的树似的,身子一歪,倒在地上。

阿原吃惊地看着信宽,以为他自己会爬起来,但他马上意识到自己错了,他慌忙扑向信宽,用手扳他的肩膀,喊他的名字,他看见信宽一脸痛苦地,躺在那里一动不动。

完了完了。阿原站起身,往远处看了看,没人。信宽体胖,他搬不动。他待在那儿愣了一会儿,一拐一拐地跑向家里,妻子正在烧饭,见他满头大汗,吃惊地问,怎么了?

没什么。阿原心神不定地说。

过了一会,妻子把饭端上来了。阿原问,听说今年捕上的蟹又大又长?

是啊,三只蟹有一人长,比你还长呢。妻子比画了一下阿原的身高。

你听谁说的?

大家都这么说。

阿原丢下饭碗,急匆匆地往土坡上赶。奇怪了,那儿不见了信宽。阿原摸了摸信宽躺过的地方:他去哪了?被人救了?还是……阿原设想着种种后果,越想越怕,越想越后悔,喉咙里不由发出一声呜咽。

那儿依稀来了人,阿原连忙站起身,低头往码头上赶。临近中午,早上拥挤的人群已散去,只见几个人还在抬剩下的十几篓蟹。

梦里有你

阿原阿原，快过来看，三只蟹真有一人高啊，比我还高，这下你该相信了吧！

阿原手罩在眉沿上，看见信宽用双手捏住蟹的两只大脚钳，像用尺量一样，从自己的脚底一直测量到头顶。真的，三只蟹还长出一大截呢。

奇 药

章前导读：因为兵乱，温合江带领一家逃到了一个海岛上，并认识了邻居朱怀成。某日，温合江的孙子得了急症，眼看命悬一线，朱怀成拿出了宁愿饿肚子也舍命保存的奇药。

"爹呀，我们已经好几天没吃饭了，家宝饿呀。"媳妇愁眉苦脸地看着公公朱怀成。

"爷爷，我要吃米饭，香喷喷的米饭哦。"

朱怀成看着孙子瘦骨伶仃的身子，连嚷饿的声音都有气无力。

"爹，翠花已经借了好几户人家的米，大家也穷啊。"儿子说。

朱怀成知道那三双眼巴巴看着他的眼睛想说什么，叹了口气，出去了。

出门不远是海边，那儿，泊着几艘帆船，一些人神色慌张地从船上下来，看他们的穿着打扮不像是岛上人。

第三辑　一个破纪录的男子

他走到一个老头身边问道："老马哥，这些人从哪来？慌里慌张逃难似的。"

"你不知道啊，城里来了红毛兵，到处杀人放火，有钱有路的都四处投奔逃难呢。"

朱怀成回到家，孙子手里拿着糕点跑出来迎接他："爷爷，这东西真好吃，你也尝一块吧。"

儿子说："隔壁新搬来一户人家，据说是逃难来的，刚才送了些糕点衣服给我们。"

朱怀成说："那咱们也应该回访一下，还个礼。"

第二天，朱怀成拎着几只黄鱼鲞上门去了，那户人家见到他，高兴地端茶邀座。

那户人家的主人叫温合江，年龄跟朱怀成相仿。他说自己祖上原先在朝上做官，后来发生战争，兵溃城破，他们就从京城逃到舟山这座岛上，到他这一代已经是第三代了。眼下红毛兵入侵，他们只好又从定海城里逃到这座岛上。

这以后，两家人互相照应，相处融洽得很。那家人知书达理，有个活泼可爱的孙子，三代单传，宝贝得不得了。

这天半夜，朱怀成被一阵急促的敲门声惊醒，原来是温合江。他哭丧着脸说孙子已经发高烧两天两夜，用了各种法子都不见效，眼见得命悬一线，这可怎好？

朱怀成连忙跟着来到他家，只见那小孩两颊血红，浑身发抖，嘴里说着胡话，好几次惊厥过去。全家人急成了一锅蚂蚁。

"老哥，不瞒你说，我有一味奇药不知管不管用，你要试的话我这就去拿来。"

梦里有你

权且死马当活马医了,温合江连忙答应。

过了一会儿,朱怀成捧来一只小坛子,掀开盖子,里面装着十来斤米。

见温合江疑惑的目光,朱怀成说:"你知道我们家穷,没钱买米,平时我们都是鱼当饭。这宝贝只有放在米中才不会坏,所以肚子再饿我们也不动这些米。"说着,从底部掏出一片硬邦邦的东西来。

就着灯光,众人看清这东西呈玉白色,整个形状如一只肚兜,下半部分整齐得如被一刀切过,两条长长的须好似肚兜的系带。

"这是黄鳝鱼胶,从我爹手上传下来到现在已经治了好几个人的病,所以下半片都用完了。"他用剪刀剪下一小条,说太多了也不好,力太强,积郁在胃里消化不了反而要补倒。

他让其家人找来碗、酒,吩咐道:"把鱼胶浸在酒里,再放到锅里蒸上一到两个时辰,胶会化开变成冻状,到时连汤带胶一起喝了。"

第二天,温合江和儿子带着礼物来到朱怀成家,"老弟,你这真是奇药哇。我孙子喝下这宝贝烧就退了,现在人又变得活络了。你是我们家的大恩人呢。"

朱怀成听说他孙子没事了心里也高兴,两人一聊聊了半个多时辰。临走前,温合江掏出两百元大洋,说:"老弟,我有个请求,你能不能把这剩下来的半片鱼胶卖给我,如不够,我再给。"

朱怀成说:"那天匆忙我也未细说给你听,这鱼是毛鳝鱼中最好的品种,叫金甲黄鳝鱼,几十年也捕不上

第三辑　一个破纪录的男子

一条。这些年，我们全家牢记着这样一个信条，这鱼胶虽然在我手里，但它也是大家的，紧急关头，它是要用来救命的。所以不管多少钱我都不会卖。"

温合江羞愧地说："你说得在理。这样吧，我有个请求，希望你能够答应我。"

他从包袱里取出银两，"老弟，不瞒你说，下个月我就要回城里了。这里总共是五百大洋，无论如何请你一定要收下，日后如有人捕到黄鳘鱼，就用这些银两替我买下来。"说完，也不管朱怀成如何推托，转身离去。

好多年后。有一天，温合江家里来了一个年轻后生，自称是朱怀成的孙子，说前些日子，村里捕上了一条黄鳘鱼，受爷爷之托，用他当年留下的五百大洋买下了这条黄鳘鱼胶。

"现在，我终于了却了爷爷的一桩心事，可以告慰爷爷的在天之灵了。"

年轻后生说完，留下黄鳘鱼胶，也不喝一口茶，转身离去。

去城里的路有多远

章前导读：瓦儿娘自从接到儿子让她去城里养孙子的电话后就失魂落魄，村里人对城里生活的诉苦让瓦儿娘心中充满了烦恼和无奈。直到她再一次接到儿子电话，人一下子变得精神滋润起来。

梦里有你

　　接到瓦儿电话之后，瓦儿娘就变得失魂落魄的，一会儿去猪圈里瞅瞅，一会儿蹲在鸡窝前；一会儿又跑到地里去了，老半天也不见回来。

　　瓦儿爹寻到地里，见瓦儿娘蹲在麦田前，一副依依不舍的模样。今年的小麦长得特别好，风一吹，那些绿油油的麦子就摇晃起来，煞是喜人。瓦儿爹说："行啦行啦，家里的牲畜、田里的庄稼我都会伺候得好好的。眼下最要紧的是，你得练好怎么进城，怎么伺候好咱们的媳妇和宝贝孙子呢。"

　　瓦儿爹又说："虽说是儿子家，但还有媳妇呢，你去不能讨人嫌。要讲卫生，饭前便后洗手，衣服要勤换。还有，想家了也不能常打电话来，免得让孩子看出你在那里待不住。"

　　天明，瓦儿娘往邻村的曹婶家取经。曹婶的女儿也在城里，前段日子，曹婶刚从女儿家回来。曹婶一听瓦儿娘来意便说："瓦儿娘，不是我泼你冷水，这城里能不去便不去，外人看着羡慕咱，儿女有出息都在外头工作，可这哪是去享福啊。说实话，我每天接外孙来来去去就那20分钟的路，至今，我连公园的大门朝东朝西还不清楚呢。"

　　瓦儿娘说："女儿女婿没带你去？"

　　"他们忙得每天不见人影呢。闲得慌了我去小区里跟人聊天，人家听不懂我说啥，我也听不懂人家说啥，只好整天待在屋子里看电视，那简直跟关在笼子里似的。遭罪！"

　　"还有啊，"曹婶说，"城里人有很多讲究，不能大声讲话，不能随地吐痰。我还算是在女儿家吧，那也不习惯。剩饭剩菜当天就倒掉，食物一过保质期就扔了。那帮年轻人，真是浪费到家了，住不到一块儿。"

瓦儿爹见瓦儿娘从曹婶那儿回来就一直闷闷不乐的，便说："哎呀，进城是件好事呀。抽空你去看看城隍庙，还有那个金茂大厦，听说有88层高，比咱们这儿的玄帝山还高吧。"

瓦儿娘说："死老头子要去你去。你以为咱去享福的吗？这不我心里没底吗。都伺候了一辈子的鸡鸭庄稼了，还有你啊，除了你在铁路上班那阵，咱俩啥时分开过？"

瓦儿爹听瓦儿娘这一说，目光就柔和起来，"不就一年半载吗？你就熬一熬吧。等孙子上了托儿所，你就可以回家了。"

瓦儿娘不说话了，收拾了要带的东西，然后东看看西瞅瞅，目光如粘了糨糊似的，好一阵子都挪不开。

这时，电话铃响了，瓦儿娘抢在瓦儿爹之前接了电话。瓦儿爹站在一旁看，见瓦儿娘的眼睛像手电筒的光，一圈儿一圈儿地放大变亮，人一下子变得精神滋润起来。

放下电话，瓦儿娘说："瓦儿说，亲家母明天赶过来了，叫我不用去了。"

瓦儿爹说："真的？"然后又说，"不去好不去好，你不是一直都不想去吗？去城里儿子家倒像绑你上刑场似的紧张。"

"胡说！"瓦儿娘说，"我是怕不习惯嘛。"边说

梦里有你

边把整理好的东西又都取了出来。

两人躺下睡觉的时候已是深夜,瓦儿娘突然叹了一口气,"唉,这下遭罪的是亲家母了!"

随风而逝

章前导读: 她来自异国他乡,爱上了这个眉清目秀、长发高额的男人,他带她认识很多朋友,认识中国的文化和其他东西,甚至抽鸦片。直到有一天,情义渐淡,仿佛随风而逝。

那晚,她随邵和他的一帮朋友们一起聊天。那个地方在上海苏州河的对岸,租界区外。天气闷热,到处都是潮嗒嗒、黏糊糊的,但这似乎没有减少大家说话的兴致。出于礼貌,他们讲的是英语,但一激动就变成了讲中文,语速很快,她一点也听不懂。她坐在那儿,看起来有些无聊。

邵看着她说:"真对不起,忘了我们的外国客人。我们现在都去我家。你来吗?"

他说最后一句话的时候,智慧的眼神中充满了温和的征询。

"去啊,当然。"她说。

邵的家是一幢维多利亚式的老房子,里面有很多房间。他带大家进了一间卧室,两张平坦的硬木卧榻靠墙

第三辑 一个破纪录的男子

放着,上面各堆了一些小枕头。卧榻上铺了一块正方形的白布,中间搁了只托盘,托盘里放着一盏小小的银制油灯,几个小盒子,还有一些叫不出名字的物什。

邵和他的朋友分别在两侧卧榻上躺下来,脸朝托盘,他的手一直在忙乎。她不知邵在做什么,觉得像是女人在忙乎编织活儿,直到看见他拿起一杆磨光擦亮的竹管,将竹管另一端放入嘴里,举着刚才手里忙乎的那个杯状物悬置在灯焰上,然后深深地吸了进去。那东西冒着泡泡蒸发着,直到一点不剩。她惊讶地发现,他的嘴里竟然升起一股蓝色的烟雾,四周顿时弥漫起一股如烧着的焦糖味来。邵半眯着眼,从初始的从容洒脱变得有些如痴如醉起来,周围的高谈阔论似乎都与他无关。

她在一刹那间突然明白了,禁不住大叫起来:"你在抽鸦片!"

他笑笑,似乎一点也不在意她的大惊小怪,"是啊,我是在抽鸦片。我们叫它'大烟',大的烟。想不想试试?"

她知道抽鸦片的后果,但她对此却充满了兴趣,还有一丝跃跃欲试的好奇。她相信自己的毅力,何况,旁边有他陪着呢。

每晚,她靠着枕垫躺着,而邵则在旁边为她卷一杆大烟,一边说:"躺着别动,我们聊天吧。"他们谈现代文学,谈看过的书,当然,还有政治。她觉得自己抽烟的样子可以跟他媲美了,把烟深深地吸进去,然后把烟停留在那儿,看能待多长时间,反正越长越好,然后再慢慢地呼出来,她很满意自己竟然一点都不咳嗽。

有时,她看着邵准备一些鸦片丸子,他用修长的手

梦里有你

指卷起一团试试干湿，说："一丸好鸦片应该是正好的颜色，不能太干，也不能太黏。"

她在这样的场景中觉得有种奇特的温馨和仁爱，还有很多乐趣。她爱上了这个眉清目秀、长发高额的男人，在异国他乡的这种从未有过的体验，都是这个风流潇洒的中国上流社会文人给她的。

那年的秋天似乎来得特别早，仿佛一下子从绿意葱茏的夏季踏入了冷风飒飒的秋天。她不断地打喷嚏，眼睛鼻子止不住流出很多的水来。

"我得重感冒了。"她对邵倾诉。

邵看了看她，说："我想，或许，你有些上瘾。但是，你看，我比你抽得多，我也不是瘾君子。"

邵的话让她渐渐有些怀疑。当然，她仍然非常迷恋他的鸦片托盘，那股焦糖似的味道，还有阴暗房间里的那盏烟灯，温暖安逸、平静舒适。这些比起邵来，似乎对她有着更深的吸引力。

但是，她知道自己这种状态是无法开始她的采访和写作。于是，她跟着一名医生朋友去了戒毒所。

那段日子有多长，熬过的痛苦有多深，她似乎都忘了。当一切又变得仿佛像从前一样的时候，正是深秋落叶满地飘舞的季节。她站在杂草丛生的院子里，看鹅黄羽毛的小鸭子蹒跚着跌进池塘，慢慢向前游去。

邵来看她了，"你看起来似乎还不错。你，好吗？"

"嗯，挺好的。"她看着邵，想起他们曾经在烟榻上共同度过的时光，还有那些话题，那段烟雾缭绕的日子似乎成了一个遥远而又模糊不清的梦。

第三辑 一个破纪录的男子

邵看见她在注视自己，不由笑了起来，露出的牙齿因为抽大烟而变得脏兮兮的，那双深情温柔的眼眸此时看起来显得混浊无神。

风轻轻地吹起来了，一枚金黄的落叶缓慢地落到了她的肩头。她捡起它，枯黄的落叶发出粗糙的声响。

他们聊了几句，淡淡的，像深秋的天空那么高远、散淡，或者不着边际的，然后就互相道了别。

她听见邵在背后叫她："项美丽！"那是他给她取的中文名字。

她并没有停下脚步，她想：那名字只是她生命中的一个印记吧，或许，随着时光的流逝，有关他的一切，会慢慢地随风而逝，如深秋的落叶一般。

新船出海

章前导读：少年阿鹏的祖辈都是渔民，因为未考上高中，他跟随父亲造的新船第一次出海。艰苦的海上生活让他充满了新奇，也充满了挑战。

阿鹏低着头，匆匆走过晒谷场边。那里，七八个渔嫂正在做篷布，看见阿鹏，志海婆娘放下手中的针线喊，阿鹏，走得这么快，去相亲啊！

没有呢。阿鹏红了脸，逃也的地跑了。

瞧这小子，还脸红，这么嫩势，以后怎么架得住

梦里有你

媳妇！

是媳妇架住他，就像你架住志海哥。你说是不是？

几个女人叽叽呱呱地大笑起来。

阿鹏去码头边看爹他们造的新船。爹说新船新水，让阿鹏随他一起出海。阿鹏初中毕业没考上高中，爹说渔家人祖祖辈辈都是吃这碗饭的，阿鹏也不例外。

新船已经造好了，大木师傅还在做最后的工序，阿鹏爹和几个渔民在做帮手。看见阿鹏，爹喊，阿鹏，过来，瞧瞧这新船，如何？

阿鹏跳上船，东看看，西摸摸，觉得稀奇。他觉得这船就像一条龙，船头像龙头，船尾像龙尾，还有那门挂在船头外的铁锚，多像龙的爪子。

明天去栲帆，你也去，好帮个忙。爹说。

第二天，阿鹏走到晒谷场边，看渔嫂缝好的篷帆。头几天，他看到过爹买来一匹厚实的斜纹白布，经过几个渔嫂的飞针走线，镶边缝筋，帆布边缘和中央每隔一米处都被扎上了手指般大小的麻绳。现在看起来，这帆篷又结实又气魄。

阿鹏和几个渔民扛起篷帆，走到山脚下。那儿，已有人架好了锅，几个人正往灶里添柴火。他们把篷帆投进大锅里，爹说那叫栲道锅，难闻的腥味熏得阿鹏连打了几个喷嚏，果然，过了一袋烟的功夫，锅里冒起紫酱色的泡泡，白色的篷帆渐渐变成了紫酱色。

阿爹说，等栲帆结束晾干，最后还要给帆涂上一层厚厚的桐油防腐，这样帆才牢靠。

新船下水的那天，码头边热闹极了，人们都来观看。

第三辑 一个破纪录的男子

船头披上了红绸,船身挂上了彩带,船尾贴上了"海不扬波"的横幅。爹和渔民们在船上恭恭敬敬地用全鸭、全猪、馒头等物品供奉菩萨,祈祷出海平安顺利,获得丰收。

在噼里啪啦的鞭炮声中,船离码头。阿鹏站在船上,他心想:阿爹他们为了造这艘船,几乎借遍了全村人的钱,这趟出海希望海龙王推倒桩,多捕鱼多卖钱,自己呢,别的没要求,手上能有只手表戴就好了。

大海像一面泥黄色的绸布,微微漾着柔和的波浪。伙计喊,老大,今天是顺风啊,好兆头!

爹也开心地笑了,说,顺风加镶边,船行快似箭。阿鹏,你去学摇橹。

摇橹的伙计边示范边对阿鹏说,我们这木帆船航行要靠风吹,潮推,摇橹。今天咱们运气好是顺风,遇到无风逆潮,你爹要翻来覆去扯篷,我要拼了命地摇橹。哎哟,手臂酸不说,腰累得都像断了似的。

阿鹏也像初下船的伙计那样,第一步先给大伙烧饭。伙舱里只有一台泥灶两只锅,一个烧饭,一个炒菜。他烧完饭菜,才发觉碗没处放。爹说,你以为这是在家里啊,渔民屎拉大海洋,在这里,什么都没得讲究的。端过饭菜,蹲在舱板上就吃起来。

忙了大半夜,阿鹏才回舱室睡觉。所谓床,只是几块木板拼成,宽度不到两尺,一睡下,才发觉全身酸痛。迷迷糊糊不知睡了多久,被爹吼醒,他爬起来,脑子还混沌着,走路跟跟跄跄。爹踢了他一脚,骂道,不要命啦!醒着点,看看大伙在做什么?

梦里有你

阿鹏看见几个渔民正抓着舱板车架上插的木棍，大声吼着挨着车架转，原来是起网的时间到了。他看见渔网的网绳慢慢地被绞上来，撒在海里的网慢慢地浮出水面。

哇，大网头啊！渔民们齐喊了一声，拼命拉网，阿鹏凑上前也奋力地跟着去拉网，渔民们一边拉一边大声吼着号子。阿鹏听了一会，觉得有趣，身上的血液仿佛沸腾起来，他不自禁地跟着吼唱：嗨啦嗬哟，嗨嗨哟……杯口粗的钢绳撕扯着他的虎口，他的身子因为用力而斜弯在舱板上打着横溜。

新鲜崭亮的鱼被倒进了船舱，渔民们大着嗓门兴奋地说着话，爹和大伙儿已有好几夜没有合过眼了。网又撒下去了，阿鹏瞅着黑幽幽的海面，默默祈祷着，但愿下次仍是一个大网头……

没有你的消息

章前导读： 三个好朋友结伴去孙毅那儿玩，孙毅是一家企业的办公室主任，接待客人驾轻就熟。在几天的相处中，三人目睹了孙毅对待不同人表现出的不同态度。

去孙毅那儿玩是老马提议的。那天，我们一帮哥们一边打牌一边天南地北胡侃，说到这几天的天气，一直很少插话的老马突然说，现在我啥都不愁，就愁这夏天

第三辑 一个破纪录的男子

来了咋办!

老马体胖,光坐着也会出一身汗,夏天让他度日如年。我们很奇怪这么会出汗的人咋就一点瘦不下来呢?

孙毅笑了,说,咱那地方小,但夏天凉快,最高气温不会超过32度。

于是,老马说,孙毅,今年夏天咱一帮哥们就去你那儿避暑。

孙毅那天手气特好,赢了很多,他拍拍胸脯说,好,全包在我身上。

夏天如期而至,我、江林、老马三个人结伴前行。孙毅是一家企业的办公室主任,接待客人驾轻就熟。三天下来,我们几乎玩遍了岛上有名的风景,还去了当地有名的夜排档吃饭。老马本来在减肥,看到这么多的海鲜禁不住诱惑,一边摸着自己的肚皮往嘴里塞鱼块,一边说,做人,最重要的是不能委屈了自己的胃,我保证回家再减肥。

我们听了都不由笑起来,孙毅斜了他一眼,说,就你那样?去梦里减肥吧。

饭后,孙毅安排我们去KTV唱歌,大家都喝得有点多,老马一进包厢,就拿过话筒,嘶吼了一首汪峰的《春天里》。说实话,除了形象差点,老马歌还是唱得不错的。江林也唱了几首歌,只有孙毅拿着手机不停地进进出出,不知在跟谁打电话。

然后,他进来了,坐在沙发上,看着我们唱歌。

老马吼了几首歌,躺在沙发上睡着了。两只胖胖的手摊开着,身子弯斜在沙发上,呼噜声几乎盖过了音乐

梦里有你

声。孙毅坐在沙发上，似乎有点心神不定，一会瞅瞅手机，一会瞅瞅门口。他看见老马的样子，走过去使劲推了他好几下才把他弄醒，不知在他耳边说了些什么？老马连连点头，去了卫生间，出来的时候，似乎清醒了很多。

孙毅走过来跟我说，等下我们总经理要来，他下午刚下飞机，听说你在，特意过来看你。

我说，我认识吗？

他可认识你。我们总经理以前是市作协诗歌创作委员会主任。

正说着，一个高高胖胖的男人推门进来，孙毅看见他，几乎是从沙发上弹跳起来，满脸笑容地跑过去，把他引到我面前，说，这是我们总经理，这是江河。

总经理握住我的双手，说，江河老师，我可是你的粉丝啊。你出的诗集我每本都买下来。

我谦虚着，说了一些客套话。

总经理邀请我们明天去栖霞山庄，说那儿可以玩上一整天，节目都交孙毅安排。

说话的当儿不时有电话打进来，总经理只好不断地进进出出，孙毅也跟着进进出出，包厢打着空调，他的脑门上全是亮晶晶的汗珠。

总经理来跟我们道别，说那边还有人等着他。临走前，他又跟孙毅交代了一番，明天务必让我们吃好玩好百分百满意。

孙毅陪着总经理下楼去了。老马说，你瞧孙毅那样，孙子似的，多神气的一个人，我还是头次瞧见他这样。

我说，混饭吃，没办法，哪像咱们吊儿郎当不用看

第三辑 一个破纪录的男子

人脸色。

这时，孙毅推门进来，他朝我们大声说，唱歌唱歌，江河你咋不唱呢？

他拉开门，在走廊里喊了一声，一个20岁左右的女孩走进来，孙毅说，你来点歌，陪咱江老师唱一首。

女孩点了一首《为爱相随》，问我会不会唱？我点点头，女孩嗓音甜美，我勉勉强强跟着唱完了。

孙毅大声叫好，使劲鼓掌，端了两杯酒过来陪我一起干了。

我有些累，我让江林孙毅他们跟女孩唱。老马捅捅我的胳膊，孙毅靠在沙发上，右手拿着酒杯，左胳膊使劲揽着女孩把酒往她嘴里灌，女孩推辞不过皱着眉头喝下了。孙毅哈哈大笑起来，两手摊着老长放在沙发靠背上，跷起二郎腿，上面那条腿还在晃荡，他冲我们举了举手里的酒，指着茶几上的酒大声说，这些酒，今晚你们统统喝光，否则不许走！大有雄踞一方的霸气。

我想起刚才总经理来时他那副模样，老马看看我，似乎猜到我在想什么。他附着我的耳朵说，知道吗？老辈人说，吃有吃相，站有站相，睡有睡相，他这算哪门子相？

我们一共待了四天，回来后，孙毅还和我们联系过几次。后来，听说他离开了这家公司。而从此，我们再也没有得到他的任何消息。

梦里有你

女人这东西

章前导读：杜淳一因为同情一名男子困扰于妻子的不可理喻，约他去咖啡厅说话，并希望自己能够帮助他。然而最后他才明白，需要帮助的其实是他自己。

见到男人的时候，杜淳一没想到他这么衰老，头发花白，腰背畏怯地驼着，额上脸上刻满了皱纹，说话时，眼睛总是茫然地看着别处，仿佛灵魂游离于身体之外。

两人找了家离门口最远的位子坐下，杜淳一叫了两杯咖啡。一时无话，两个男人间出现了短暂的尴尬。

"年初，景家公寓出了一件案子，一个女人被杀了。案子上个月才破，那个凶手是个女的，原因仅仅是因为在一次聚会上，被害人穿的衣服跟她撞衫了。"

男人没言语，专心地看着自己放在桌上的两只手。那双手骨节粗大，白净消瘦。

杜淳一有些哀伤地笑笑，"我知道你一定在想我为什么跟你说这个。你瞧，女人这东西，就是这么不可理喻。"

男人慢慢地喝了口咖啡，说："我写这些，只是想通过一种途径让压抑的情绪得到宣泄和释放，并不是想引起别人的同情和注意。"

"我知道。我一直在关注你的博客，我不像那些人喜欢留言，但我每天都看。按照你对这件事情的态度，

> 第三辑 一个破纪录的男子

我觉得你该想个办法。否则,你时时会有一种崩溃的感觉。"

男人看了杜淳一一眼,这话让他有些吃惊,但很快,他的目光就投到别处去了。

"她这种症状多久了?"

男人集中精神,眼神凝聚一处,似乎在回忆,"那次是年三十,我们去我父母家过年。她说我是外面穿黑色棉外套,里面配红色的高领毛衣呢?还是穿那件皮大衣,里面配低领羊绒衫呢?你知道,我有三个弟弟,都已成了家。每次,她都赶着像去比赛似的,化妆打扮就要好几个小时。"

男人喘了口气,喝了口咖啡,"大概我只忙着整理旅行箱而没搭腔,或者是听到了故意不回答。每次她都这样,可能我心里有点厌烦。"男人说到这儿不说下去了,似乎走了神。

杜淳一耐心地等了一会,见男人没有说下去的意图,便说:"于是……"

"……她说头疼,心跳得厉害。我跑过去,见她一只手按在额头上,一只手捂住胸,慢慢地倒在地上,手脚剧烈地抽搐着。我吓坏了,我拼命地摇她,叫她,然后才想到去打120……"男人的脸上显出疲惫而又痛苦的神色。

"后来,是不是每当你有什么事情不顺她,她便会产生这种症状?"

"是的,其实都是一些琐碎小事。有时,她还要砸东西。"

梦里有你

"没想过离婚？"

男人看了他一眼，似乎觉得杜淳一问得有些幼稚。的确，对于丈夫的稍有不从便会歇斯底里发作的女人，假如选择离开，无疑会把对方逼上绝境。看得出，男人对他妻子还是有感情的。

"好的时候，她说要与我白头偕老。我倒觉得，我俩是一根绳上的两个蚂蚱。生活对我来说已经没有多少悬念，就这样慢慢等着进坟墓吧。"

杜淳一看了看男人那张与年龄不相称的哀伤苍老的脸。据他所知，他跟自己差不多同龄。可以想见，一个内心极度压抑和痛苦的人会衰老得多么迅速。

"她是不是想象力比较丰富，有种强烈的自我表现欲。而且，比较自恋？"

男人点点头"是这样。"

"她发作的时候，你有没有采取过干脆不理睬的态度？"

"有过，但她的目的就是想引起我的注意。如果不理她，只会导致她发作得更加厉害。所以，每次都是我向她认错，她才会慢慢好起来。"男人似乎回忆起了当时的场景，脸上流露出不堪回首的绝望神情。

"世上有多少人会理解作为一个男人的苦衷呢？"杜淳一有些感慨地说道。说完，他突然有些冲动地去握了一下男人放在桌上的手。

男人脸红了，他有些慌乱和疑惑地看了看杜淳一，想着他的动机。

杜淳一连忙说："你别误会，我不是你想象的那种人。我是个心理学爱好者，我觉得我或许能够帮助你。"

他有些手忙脚乱地从包里拿出一本书，"看过渡边淳一的这本书吗？我觉得你妻子的症状跟书里说的有些相似，我想，你可以去试试。"

男人接过书，《女人这东西》，随手翻了翻，似乎并不抱多大希望。

杜淳一想：自己实际上也是无助的，他的确不能帮他改变现状，只是作为一个热心关注他博客的人，希望能为他做点什么。

两人道别的时候天已黄昏，空气中透着一层淡淡的薄雾，房子、街道在雾中显得影影绰绰，周围静得出奇。杜淳一看着男人的背影渐渐远去，突然间，双眼湿润起来。他始终不明白，聪明美丽而又心高气傲的妻子为什么会干这种愚蠢的傻事？就因为在那次聚会上，她不再成为众人的聚焦点，而那个倒霉的女人，跟她穿了同样款式的衣服？

轻微骚动

章前导读：李局长新官上任召集大家开会，却发现大家稀稀拉拉无精打采，时间也很不守时。科员江启元是个炒股高手，暗地里给李局长推荐股票并因此让他赚了一把。李局长调整了开会时间，发现大家一改以往精神状态。

梦里有你

李局长上任后的某一天，召集大家下午上班后开会。主任看着李局长吞吞吐吐地说，是两点半就开会吗？

当然，李局长奇怪地看了他一眼，作息时间改了吗？上班是不是仍然两点半？

是的，是的。可是……刘主任还未说完，李局长的手机铃声就响了，他见局长狐疑地看了自己一眼，只好把下面的话吞到肚子里，走了。

两点半不到，李局长就已经坐在会议室里了，他发现自己是最早来的，刘主任紧跟着第二个到，他气喘吁吁小跑着进来，一手拿着杯子，一手拿着手机和笔记本。李局长看了看时间，两点二十五分，这些人也太守时了吧？

刘主任看了李局长一眼，未等他发话，就说，早上我就已经通知了，应该快到了。

两点三十分，人陆陆续续进了会议室，李局长发现他们仿佛没睡醒似的，一个个无精打采，两眼走神。

李局长说，刘主任，人应该都到齐了吧？

还有一个信息科的江启元还未到，我再打电话过去催一下。刘主任说。

李局长看看表，说，时间已经超过五分钟，我们不等了。在会议开始之前，我要强调一个事情，以后，凡是通知开会，大家务必要准时，叫大家等他一个人……

嗵！会议室的门被撞开了，一个清瘦的男子慌慌张张地闯进来，大家的视线都聚集在他身上，李局长只好停止讲话。男子用目光搜寻了一下座位，见后面都坐满了，他没有往前走，而是硬挤在一个人的旁边，那个人

第三辑 一个破纪录的男子

笑着抗议着,会议室响起一阵轻微的骚动声。

李局长脸上挂不住了,他说,那个,最后进来的……同志——他明知这个人叫江启元,却假装叫不上名字。——你上来坐,这里那么多空位子!

江启元呆了呆,很不情愿地走上前去。

李局长说,好,我接着刚才的讲话。我们一定要有时间观念,叫这么多人等一个人是很不文明礼貌的行为,这无疑是在浪费别人的时间。时间是什么,时间就是生命。这也是一种变相的谋杀!

会议室里又响起一阵轻微的骚动。

李局长说,好,接下来关于下半年度的工作计划……

他看见坐在前边的江启元坐立不安,仿佛座位下面按了几颗钉子,扭来扭去,好几次还把手机掉在了地上。坐了一会儿,他报告了一句:上洗手间去。

李局长看看手表,会议才开了半小时不到,江启元就走出去两趟。过了一会儿,他进来了。

李局长停下讲话,说,你,年纪轻轻的,是前列腺有毛病,还是吃坏了东西拉肚子?

江启元脸红了,连忙说,是肚子不好。肚子不好。

会议室里爆出一阵笑声。有人悄悄地挪上来,坐在江启元旁边。

李局长那天下班,在电梯里遇见江启元,江启元笑嘻嘻地跟他打了声招呼,两人聊了一会天。江启元说自己平时爱好炒股,问李局长有没有兴趣,若有到时推荐几个靠谱的股给他,保证赚钱。

李局长说,我不懂这个,也不感兴趣。上班时间还

梦里有你

是做点务实的工作。

刚好电梯开了，两人一前一后走了出去。

这天晚上，李局长收到一条信息，江启元发来的，他真的给他推荐了两只股。

李局长想了想，把它转发给自己的小舅子。小舅子也在炒股，今年赔多赚少，正苦恼着。

过了些日子，小舅子给他打来电话，姐夫，谢谢你推荐的股，这次我赚了，过两天我请你吃饭。

李局长让老婆在证券公司开了一个户头，反正她在家也无事可做。过了两天，江启元又给他发来一条信息。

李局长一次也没回。

年终的时候，李局长又让刘主任通知大家开会。刘主任说，那么，还是两点半？

李局长摆摆手，说，三点半吧。

得令！刘主任兴高采烈地走了。

李局长打开电脑，他看见江启元最近推荐的那几只股票走势强劲。早听说江启元炒股赚了不少钱，看样子果然有一手。

三点，股市停盘。李局长关掉电脑，给老婆打了一个电话。三点一刻，他走出办公室，他听见每个科室都在热烈地谈论股市行情，仿佛他们都是专家。

李局长走进会议室，刘主任已经在那儿了，江启元也在。三点半不到，大家就已经到了会议室。

会议开得很顺利，大家热烈发言。快结束的时候，李局长读了一下任命书，江启元被任命为信息科科长。

会议室里又响起一阵轻微骚动。

第三辑　一个破纪录的男子

拿啥证明你是好人

章前导读： 罗毅因为帮助路边乞讨少女，而被路人指责为另有企图。他的妻子拿出证件欲表明自己不是骗子，但还是在路人再次的指责中败下阵来。到底怎样才能证明自己是个好人？

那天罗毅开车经过茂名路，看见路边围了一群人，正对着一个少女指指点点。都说下雪不冷化雪冷，昨天刚下过雪，那少女上身只穿了一件单衣。

罗毅把车停好，走过去。少女垂着眼睑，小脸儿冻得惨白，她身上背着一个书包，脚下一张纸，罗毅凑过去看了看，大意是父母双亡，没钱读书出来找工作，已两天没吃饭。

罗毅买了两只茶叶蛋，一杯热白木耳，又从车里拿了一件棉夹克，把东西递给少女，说趁热赶紧吃吧。又让她把棉夹克穿上。

少女感激地看了罗毅一眼，正要吃，一个一直在旁冷眼旁观的男人突然大声说，你怎么随便吃人家递过来的东西？你怎么知道这东西里没下了迷药，然后过来把你拐走？

少女听见这话显然有点怕了，把食物放在台阶上，又看了看披在身上的棉夹克，仿佛那上面也撒了毒药，浑身不自在起来。

梦里有你

罗毅说，哎，你这人怎么这么说话，你看见我下迷药了？

哼，这种事会当着人家面做？男人气呼呼地说。

罗毅还想理论，看着那个男人义愤填膺的样子，想算了，犯得着跟这种人扯不清吗？他上了车，径自开回家。

坐在沙发上，罗毅一直想着刚才的事，胸中如堵块垒，禁不住长叹了口气。

妻子问，怎么了？

罗毅便把此事说了。他想起少女在街上又冷又饿的样子，心里很不安。

妻子说，那女孩长得漂亮不？

罗毅点点头，看起来挺实诚的一个人，不像街头骗人的。

这种天气会把人冻死的，走，我陪你去！

于是两人又把车开到了茂名路，那少女还在，两个茶叶蛋和白木耳放在台阶上。

小姑娘，天这么冷，今晚你去我们家睡吧。我们会资助你，你这么小，应该去读书。妻子对女孩说。

女孩苍白的脸上显出一丝笑容，怯怯地说了声谢谢，收拾地上的纸塞进书包里。

这时，刚才那个男人不知从哪又冒出来，他显得很激愤，对女孩大声说，你怎么这么随便就跟人家走，你知道他们是谁吗？他们把你骗走，然后把你迷晕，取出你的器官卖钱，或者把你卖到穷山沟里，给那些好几十岁的老男人当老婆！

第三辑 一个破纪录的男子

罗毅真是想不明白,既然他老是怀疑人家,那么他为什么就不能买些东西给饥饿的女孩吃呢?

罗毅妻子生气地指着男人说,你凭什么这样说我们?这么冷的天,我们是好心难道还错了?

好心?我看你是别有用心。老公骗不走,又叫老婆一起来骗。你们这种骗子我见得多了,看外表长得人模狗样的。

这么说你是好人了,那你证明给我看!罗毅妻子说。

我不是好人,至少我也不是坏人,我不会像你们一样来骗人!

我们最恨骗子了,我们怎么会做这种伤天害理的事情。

骗子都是这样说的,哪个骗子会说自己是骗子!男人理直气壮地大声说。

周围人渐渐多了起来,他们都拿怀疑的目光看着他俩,好像他们真的是个骗子。

罗毅恨不得上去抽那个男人一个耳光。算了,我们走吧。他拉了妻子一下,他不想把事情闹大。

不行,你要说清楚,你有什么根据说我们是骗子!妻子甩开罗毅的手,她的犟劲上来了。她从包里搜寻了一番,拿出身份证,然后又拿出一本荣誉证书,她挥着这两样东西对围观的人说,大家看看,这是我的身份证,这是我们单位发给我的荣誉证书。你们说,我们怎么会是骗子?

这些东西都可以造假,谁信呢?你们真有那么好心,一趟一趟来,不达目的不罢休。这城市里路过的人多了去了,怎不见其他人来帮她?男人看着周围人大声说着。

梦里有你

罗毅看见有人对他俩指指点点。

阿姨叔叔你们快走吧！罗毅看见女孩央求的眼神，她似乎相信了那个男人的话，这让他非常沮丧。

罗毅看见妻子的眼神，此刻显得那么无助和委屈，她是多么要强的一个人啊。他拉住妻子的手，几乎是半拖半抱地把她塞进车里，发动了汽车。

妻子说，是，我是有过私心，要是女孩好的话我想过收养她。竟然碰到这种不可理喻的人，把咱们当成骗子。

罗毅说，算了，是我不该跟你说。顿了顿，又说，要是咱们幺幺还在的话，也该有这么大了。

传　说

章前导读：这是一个传说：来自偏僻小渔村的渔民范非常疼爱自己的老婆，渔船停靠上海，初次看见棒冰的范用棉袄裹了2支带回家，等渔船靠岸打开棉袄的时候，他傻眼了。

渔船拢岸的时候，兰一眼就看见了范那魁梧高大的身影。

"兰！"范不像别的男人那样大大咧咧，对眼巴巴看着自己的女人吆五喝六。范左手拉住兰的手，右手拎着包袱和鱼回家。兰笑眯眯地低着头，她不敢看周围女人复杂的目光。

第三辑 一个破纪录的男子

渔村的男人不嫉妒兰,也不骂范太宠自己的女人,他们觉得兰这样的女人配。

兰是村里唯一的高中生,是从镇上嫁过来的。村里的女人拼了命地想要嫁到镇上去,只有兰嫁给了村里的范。

村里的老人说,男人和女人相遇便合意是因为彼此长了双夫妻眼,年轻人说那叫"一见钟情"。范有一天给镇上的亲戚送鱼,看见了在亲戚家串门的兰,他们一下子对上了眼。

兰的父母不同意,打也打了,骂也骂了,但兰就是非范不嫁。于是,兰到了这个只有两百来户人家的渔村里,成了一名渔嫂。

范心疼兰,船上带回的湿衣裳脏被子从不叫兰洗,分来的鱼也是自己剖洗收拾,然后洗了澡换上干净衣服才上桌和兰一起吃饭。

范喜欢这样干干净净和兰守在一起,啜口酒,就几粒花生米,看着兰如花的容颜,他觉得自己真是上辈子修来的福气。一个多月不见,他觉得兰比以前更加白净秀气了,他这样呆呆看着兰觉得不吃饭也开心。

"傻瓜,老是看着我干啥呀?"兰嗤嗤笑着,给范倒酒。

范给兰讲大海里的有趣事,讲大伙思念老婆孩子的心情,讲捕上鱼的刹那间兴奋刺激的开心劲儿,唯独没有讲他们的渔船在洋面上突然遇到了风暴,差点回不来的惊险。

"兰,这次我们把货运到上海码头卖掉后,去了城

梦里有你

里逛呢。我给你买了几条裙子，你穿上肯定好看。"

兰说："男到上海不积财，女到上海不想来。上海是花花世界，那儿的漂亮女子是不是让你看花眼了？"

范说："我是看了几个女人，可是看来看去觉得都不如你漂亮。真的呀兰，我不骗你！"

兰笑："算你老实，你如果说没看那才是在骗人呢。"

兰一件件换上范买的裙子给范看，不过，她只在家里穿，走到外面她又换上了平常穿的衣服。

范说："干啥不穿，我喜欢让别人看到你穿得漂漂亮亮的。"

兰说："我的漂亮让你一个人看就够了。"

兰上街买菜，村里的大嫂问："兰，你家范没为你买新衣裳？听说他们去了上海呢。"

兰说："没呢，他那个人，粗心粗肺的，哪会这般细心哦。"

大嫂说："谁不知道你家男人对你疼得如宝贝，不像我们家那口子，吹胡子瞪眼的，回到家就像皇帝老儿，早晚都得小心伺候着。"

"可不是，男人都差不多，我家范也是一个样。"

大嫂满意地笑了，"就是，这臭男人，捕了趟鱼就像有多了不起似的。"

范呆了十天又出海了。在海上过了一段风里来雨里去的艰辛日子，他们的船把货运到上海码头卖掉后，大伙逛街的逛街，找乐子的找乐子，约定中午饭后开船。

范在街上东看看西瞅瞅，觉得什么都新鲜。他看见人们手里拿着一块冰状的东西吃得津津有味，人家告诉

> 第三辑 一个破纪录的男子

他那叫棒冰，解渴消暑的。他买了一支，果然又凉爽又好吃。他看见店主用棉被包裹着棒冰，打开来，里面冒出一阵雾般的凉气。

范急急忙忙回到了船上，拿了一件棉袄上岸。他跑到刚才买棒冰的商店，买了两只棒冰，一支是赤豆棒冰，一支是盐水棒冰。他用棉袄把它们严严实实地包裹起来，想象兰吃到它时的开心样，范自己也开心地笑了。

大伙见范大热天抱着一件棉袄，便都笑话他，说他想老婆想疯了，把棉袄当作兰。

范不说话，只傻傻地笑。船离村子越来越近，他终于看到了兰站在码头边翘首掂足的模样。等船靠岸，范"通"地跳了下去，他一把拉住兰的手，说："兰，我从上海买了一样东西给你吃。"

兰看到范大热天的搂着一件棉袄，不知道里面藏着什么。范满心欢喜地打开来，那儿，赤豆棒冰和盐水棒冰都不见了，只剩下两张包裹着小木棍的棒冰纸。

童西的生日

章前导读：童西生日那天，和丈夫赵光逛街。没想到丈夫不但没有一点庆祝的意思，还让她一个人去接女儿。心情失落的童西见到前男友说要给自己过生日，二话不说跟了他去饭店。当她打开饭店包厢门，她预料不到的事情发生了。

梦里有你

那天是童西的生日。童西挽了赵光去逛街，走过解放路的精品商厦，童西说："走，进去看看。"边说边往女装柜台走去。她原以为今天是她的生日，赵光怎么着也会给她买几件衣服。谁知赵光说："我也正想买两件衬衫呢，不如我们先去男装柜。"童西心中虽然有点不快，但还是跟着赵光上楼去了男装柜。

赵光属于又胖又矮的体型，他却偏偏喜欢选些抢眼的衬衫。童西忍不住说："我看那几件素雅点的挺适合你的。"可是赵光自顾拿了自己选的衬衫进了试衣间，出来的时候对着镜子左看右看，那神色，颇有点孤芳自赏。童西本想说：就你那样儿，再怎么打扮也是三等残废。话到嘴边还是忍住了，何必呢，自讨没趣。

赵光总算选定了两件衬衫，付了款。童西看了看表，等下还要去接女儿，看来自己买衣服的事泡汤了。两人走到外面，天却下起雨来，似乎一下子没停的迹象。

赵光看了看自己的新皮鞋，说："老婆，刚才走了太多路，我脚酸，不如你去少年宫接非非吧。"

童西没好声气地说："说好咱俩一起去接的，让孩子怎么想我们，不守信用。"赵光揉了一下脚，说："我真脚酸，我回家去等你们，不是一样吗？"

童西看看表，再不去接可要迟了，便懒得再跟他说，拦了一辆车坐了进去。

她走到少年宫，女儿远远地向她招手喊着："妈妈！"旁边站着一个高大帅气的男人。童西一愣，心"扑通扑通"跳起来。她匆匆地拢了一下自己的头发，又整了整裙子。男人走了过来，看着童西，轻轻说："生日快乐！"

女儿已跑进车里去了，说："妈妈，杨叔叔说带我们去最豪华的饭店给你庆祝生日，我们快走吧。"

童西有些犹豫，说："杨林，这不太合适吧？"

杨林微笑着说："今天是你生日啊，值得去。"

童西听到"生日"两个字气便不打一处来，好不容易过一回生日，赵光不但没给她买衣服，连一点庆祝的表示都没有，他还回了家。难不成，我今天生日还得回家给他烧饭？

童西想了想，说："杨林，你还记得我的生日？"

杨林看了她一眼，有些忧伤地说："怎么会忘呢？"

童西叹了一口气，说："好，我们走吧。"

杨林很体贴地替童西打开车门，童西坐在车里，看着杨林挺拔的后背，不由感慨万千，想：当初自己怎么会看走了眼，竟然会嫁给赵光呢？就因为赵光当初开着一家小公司？其实，杨林除了帅气的外表，人也很聪明，只是在运气方面好像总比赵光差了一截。不过在对女人的柔情体贴方面，赵光就差远了。想到这，童西心里不由一阵隐隐的疼痛。

下了车，童西牵着女儿的手，跟在杨林后面。杨林推开包厢门，微笑着示意童西和女儿进去。童西眨了一下眼睛，愣住了，女儿早欢快地跑了过去，嘴里喊着："爸爸！爸爸！"

童西冲口而出："你……你怎么会在这儿？"

赵光笑呵呵地说："我为什么就不能在这儿？"

梦里有你

杨林说:"赵董,我先走了。"说完,朝童西微笑着点了点头,关上门出去了。

童西说:"他,杨林刚才叫你什么?"

女儿兴奋地喊:"爸爸是董事长喽!"

赵光拍了拍童西的肩膀,让她坐在他身边,说:"我收购了杨林的公司,现在,他是我手下,给我打工。明白了吗?"

童西坐在那儿,心里像是打翻了五味瓶,什么滋味都有。

赵光说:"老婆,生我气了吧?其实,我哪会忘记你的生日,你的礼物,我早就准备好了。"说着,掏出一把钥匙,放在她的手里,"宝马M6,白色的,你不是一直想要吗?"

童西讪讪地笑了一下说,"捉迷藏吗?现在才告诉我。"

赵光说:"就想在生日时给你一个惊喜。我知道,你一个名牌大学的高才生嫁给我赵光是有点委屈了,只要你不后悔嫁给我就行,物质方面的,我会尽量满足你!"

童西看着赵光那张胖乎乎的圆脸和胜券在握的模样,突感背后一阵冷飕飕的,那是侥幸过后的冷汗。幸好,自己没对杨林表示过什么,幸好,自己嫁的是赵光。

第三辑 一个破纪录的男子

彩石塘

章前导读：她参加了一个朋友组织的饭局，席间，接受了女孩下个月结婚喝喜酒的邀请。然后，郑重其事地买了礼物，做了新衣服，等待赴女孩的喜宴。然而，当那一天来临，她才发现，一开始自己就是错的。

她们共同的朋友林从北京回来，林在银桥饭店摆了桌酒席邀请昔日的朋友，其中就有她俩。大家很随意地聊着，气氛如杯里的酒酽酽而醇和。

女孩给自己倒了一杯酒，站起来说："下个月十三号我结婚，希望在座的都去参加。"然后一干而尽，大家纷纷站起来祝贺。接下来，恭喜女孩的话题如喜庆的纸屑飘了女孩满头满脸，女孩粲然地笑着。

女孩冰雪聪明，伶牙俐齿，而且长得很漂亮。她觉得欣赏一个人不仅仅是在异性间的，她虽然和女孩交往不深，但对她的好感仿佛与生俱来。她想，谁不喜欢能愉悦自己心灵的美好事物呢。

星期天，她去了城里的各家商场，没有选到令她满意的礼品。她觉得女孩不是一般的普通女孩，女孩的难能可贵还在于她会写漂亮的诗。她觉得会写漂亮诗的漂亮女孩心思一定很细密，看一切事物总能透过现象看本质，欣赏眼光也应该与众不同。

刚好丈夫要去大连出差，听说大连的玻璃制品挺

梦里有你

有名气，她就再三交代丈夫一定要买到一份别具一格的礼物。

你很难想象得到玻璃亦可以制成文房四宝。此刻，它们静静地端坐在棕红色的西餐桌上，显出大家闺秀般的稳重与大气，镂刻在上面的花纹显得玲珑剔透、轻盈明净而又精巧雅致，在暮色笼罩的房子里静静地散发着氤氲的烟气。

十三号的日子如小溪流水哗哗地流到了跟前。那天，她早早去裁缝店拿了新做的裙子，把散落的长发绾起来，化了淡妆。丈夫笑："比你自己结婚还紧张啊。"时间还早得很，以前，她是一点都闲不住的，但那天，她呆坐着就是收拾不起心情去做事。她把经过礼品店包装的礼物爱惜地拿起来抚摸着，心想：女孩有的是鲜花，但谁能想到这个呢？她想象众人哗然的情景，情绪便激动起来。她不得不站起来，在房间里来回踱步，不时抬头看墙上的挂钟。

事后过了很长一段时间，她才渐渐想到原来自己忽视了一个最重要的细节，这仿佛是一个剧团备齐了演员、道具、剧本，却找不到演出的舞台。

中午，下班的丈夫拎着几盒快餐进家门，见到素面朝天、腰缠围兜的她大吃一惊："咦，你怎么没去？"

她撩了撩披肩的发丝，平静地说："我忘了是哪家酒店。"看了看丈夫狐疑的神色，又补充了一句，"我不知道她的电话号码。"

那个礼品盒摆放了些日子。有一天，丈夫拆开包装纸，装作漫不经心地说："听说那个女孩调到市局当局长，

第三辑　一个破纪录的男子

上了报纸和电视台，现在可是个大红人呢。"他把它拿出来摆在书房的艺格上，久久端详着，"其实，这礼物根本不适合于她。"

她没说话，心中却有种被触中痛处的愠怒，她扭过脸装作去干别的事，走开了。

丈夫的朋友三三两两地来，见了文房四宝都要叹息一番，小心翼翼地托起来看了又看，渐渐地，男人的目光里就有了种怜香惜玉的神情，那样子，仿佛是对着一个可望而不可即的淑女。有一天，她用报纸草草把它们包了塞在儿子的床底下，不多时，就听见"哗啦啦"一声脆响，她跑过去，儿子惨白着一张小脸害怕地呆立着，见了她"哇"的一声哭了出来。

她连忙抱住儿子，安慰了他一番，直到儿子破涕为笑，跑开去玩了。

她用扫帚扫着那些碎玻璃，哗啦哗啦的脆响使她心中充满了一种莫名的快意。她把那些碎片缓缓地倒进楼下的垃圾箱，那些碎片在阳光下如熠熠闪亮的水晶钻石，爆发出惊心动魄的响声。不知怎么，她的眼前突然浮现出女孩那两只充满心机的眼睛，不由呆立了一会，感觉那种失望的痛楚如涨潮般立时溢满了她的心田。

过了几天，丈夫从市里开会回来，把几块形状各异的彩色石头放在她的书桌上，意味深长地说："那个彩石塘，只是尚未被开发。其实，那是个很有旅游开发价值的地方呢。"

第四辑　我是一只放生狐

　　分类导读： 冬天来了，我的伙伴们冻死的冻死，饿死的饿死，有些伙伴看见公路上的汽车，以为是来接我们的，兴奋地跑过去，却被一头撞死。

　　我也病了，我知道自己很衰弱，怕是熬不过这个冬天了。大雪马上就要封山，我找不到过冬的食物。我蜷缩在一个树洞里，想念被汽车拉走的妈妈，想念她看我时的忧伤目光，还有脸上那抹淡淡的微笑。

捕　蝉

　　章前导读： 兄弟俩因为民工父母工作忙无暇照看，自己找乐子玩，并认识了当地小女孩曹努努，3人一起去捕蝉。那天早上，曹努努发现院子门口放着一只脏兮兮的袋子，她小心翼翼地打开来……

第四辑　我是一只放生狐

那天中午，两个男孩在一个废弃的水池里玩耍。不远处是造船厂，电焊花闪耀的弧光像绽放的烟花，发出"嘶嘶嘶"的金属声。大型龙门架装卸工具的声音、敲打钢铁发出的咣咣咣的巨响，还有各种各样的机器声，把昏昏欲睡的夏日吵得热闹了起来。

他们的父母都是船厂里的外来务工者，他们从来不睡午觉，学校又放假了，有大把大把的时间可以挥霍。他们的父母警告他们不许去海里游泳，因为前阵子那条海滩里刚好淹死过一个小孩。

水池像一个小型的浅水游泳池，水是经年的雨水，有些发绿，上面漂着一个黑色的橡胶轮胎。大一点的男孩赤裸着双脚站在轮胎上，手里拿着一根和他个子一样高的木棍当船桨使。旁边那个光着屁股的年龄比他小的男孩也站在水池里，羡慕地看着他，央求着，让我也驶驶！让我也驶驶！

大男孩不依，自顾兴奋地边叫边拿木棍划水。小男孩爬出水池，不一会，找来一根短木棍，但显然不够长，于是他只好一边拿棍子拍水，一边跟着大男孩喊，驾！驾！

水溅得男孩满头满脸，两人哇哇地笑着，叫着。

一个女孩走过来，站在旁边看了一会，然后自己玩起来。她的手里用绳子绑着一个金龟子，手一牵，金龟子张开翅膀飞了起来，但怎么也飞不远。女孩觉得金龟子翅膀震颤的声音很好听，她想叫那两个男孩来听一下，可他们的注意力显然不在这儿。

女孩走开了，过了好一会，她又跑来了。这次，她

梦里有你

的手里牵着一只蝉，她的鼻尖上沁满了汗珠，粉色的短衫湿了一大片。她一会儿教蝉飞起来，一会儿让蝉发出蝉鸣声，然后得意地看着那两个男孩。

小男孩从水池里爬出来，光溜溜的腿上满是滑腻腻的水。他蹲在女孩面前，用手指触摸了一下蝉黑硬的背壳。说，那是什么虫？蝉突然大叫起来，把小男孩吓了一跳。

你听它在叫什么？

这时，大男孩走了过来，听了一会儿说，你这样把它绑着，它好像很不满，大喊着，放了我！放了我！

女孩被他的话逗笑了。你们那儿没有蝉吗？它总是说知了，知了，所以我们又叫它知了。

两个男孩又听了一会，小男孩嘻嘻笑了起来，真的呢，它真的在叫知了知了，好像很得意的样子。

女孩说，我们村头那棵树上有好多知了呢，要不要去捉？

两个男孩手里拿着木棍跟着女孩出发了。

女孩说，她喜欢小动物，她家里养了两条狗，一只猫，七只鸡，五只鸭，还有两只大白鹅。不过，为了给它们找吃的，她每天都很忙。今天趁妈妈睡午觉，她偷偷溜出来玩。

他们走过一条田埂，拐上一条沙石路。女孩指着左边两间半新的水泥屋说，那是我家。快跑，别让我妈瞧见了。

两个男孩跟着女孩飞快地跑过屋子，大男孩看见一丛开着红色花朵的美人蕉伸出了墙院，几只鸡在院子里啄食，狗和猫悠闲地蹲在屋檐下。

他们跑到村东头的那颗大树下，树冠像巨型的伞罩

第四辑　我是一只放生狐

得满地阴凉，从树上传来知了此起彼伏的叫声。

大男孩在树下看了一会，朝手掌心吐了口唾沫，"嗖嗖嗖"地往树干上爬。树冠茂盛，他看到一只蝉停在树枝上，刚想伸手去捉，蝉扑地一下飞走了。

女孩在树下顿了顿脚，叫起来，哎呀你下来，这个法子不行的，蝉都被你吓跑了。

小男孩也顿着脚兴奋地仰头大叫，下来！下来！

大男孩哧溜一下从树干上溜下来。知了的叫声歇停了一会，过了一会，似乎更加肆无忌惮地叫起来。

女孩把男孩手里的木棍拿过来，找了根绳子，把它们接长了绑起来，然后又不知从哪里找来一个小网，套在木棍上。女孩得意地看了一眼男孩说，看我的。

她找了一会，突然举起网猛地罩了上去。一只蝉刚想飞起来逃掉，糊里糊涂就撞在网上了。女孩熟练地把网转了一个圈，收起棍子，两个男孩凑过去看，蝉在网里愤怒地大叫。

大男孩说，让我试一下。他学着女孩的样子，也捕到了一只蝉。

大半个下午，他们捉了好几只蝉，小脸儿上淌满了汗水。

女孩看了看天色，说，我妈等会又要叫我了。

正说着，他们都听到了叫喊声，努努！曹努努！

女孩说，哎呀，是我妈在叫了。她应了一声，慌慌张张地跑走了。

大男孩说，曹努努，明天还来这里玩！

叫曹努努的女孩那天早上打开院门，看见门口放着

梦里有你

一个脏兮兮的袋子,她小心翼翼地打开来,里面是一堆蠕动着的蚯蚓、青虫、泥鳅和一些小鱼儿,一捆沾着露水的青草放在袋子边。

海滩边

章前导读:海滩边,男孩遇见一个孤独的男人,跟他讲述大海的故事。大海很美,大海也很可怕,它会淹死人。男孩走了,男人望着男孩远去的背影想,他不知道自己刚从大海里死里逃生,并为此丢失了一条腿。

海滩边。男孩蹲在地上,用手使劲地把周围的沙子聚集起来,他的面前已经有了一个成形的沙堡,他想再建一座桥梁。

中午的阳光渐渐强烈起来,蔚蓝的海水和天空浑然一体,似乎把地平线吞噬掉了。男孩满意地看着自己的作品,他想找个人分享。

不远处,一个男人坐在遮阳伞底下。从早上起他就坐在那儿。男孩偷偷地观察过他一阵,他不是在看书就是坐着发呆。

现在,男孩走到他身边。他仰靠在椅子上,用书遮着脸。男孩看了他一会,确定他没有睡着。因为睡着的人呼吸是均匀的,而男人,他宽阔的胸膛起伏不定。

果然,男人掀开脸上的书,看着男孩:"想跟我说

第四辑　我是一只放生狐

什么吗？"

"大家都在游泳散步，你为什么一直坐在这儿？"

"我觉得这样更舒服，有什么不对吗？"

"可是，如果你到海边来不游泳不散步也不晒太阳，那在家里岂不更好，大海对你有什么意义呢？"

"大海对我有什么意义呢？"男人重复了一下男孩的话，似乎在思考。

"嗯，你说得挺有意思。你叫什么名字？"

"我爸爸妈妈叫我侃侃，老师叫我周瑞侃，同学们叫我侃子。随你怎么叫。"

男人笑了："侃侃。哦，你果然很会说话。这名字好，我就叫你侃侃好了。"

"我已经告诉你了，现在该你告诉我了，你为什么不喜欢游泳？"

"我喜欢游泳，我也喜欢大海。我觉得在大海里比在陆地上有趣多了。"

"我知道大海里有很多鱼，爸爸说我们吃的鱼都是从海里捕上来的。可我从来没有看见过一条真正在大海里游泳的鱼。"

"说说看，你知道多少种鱼？"

"带鱼、鲳鱼、鲍鱼、小黄鱼、鳗鱼、青占鱼，还有那个身子扁扁的叫什么来着？"

"你说的是舌鳎吧。"

"是啊，妈妈带我去菜场又认识了几种鱼。那个身子肥壮圆润里面有很多墨汁的叫乌贼，银白色滑溜溜像人的鼻涕的叫虾骠，黑色的长得很难看的叫花鱼。"

梦里有你

"不错,你知道的还挺多。"

"大海里是什么样的呢,是不是还有很多我叫不上名字的鱼?"

"当然,有海马、海牛、海豹、海葵、海星,还有鱿鱼、章鱼……"

"章鱼我知道,我从书里看到过。它的身体滑溜溜的,有很多触角,像鞭子一样,张牙舞爪,嗯,我不喜欢章鱼,它看起来像个小霸王。"

男人点点头,他似乎很赞许男孩的比喻:"说得很好,这个写到作文里,肯定会受到老师的表扬。"

男孩的脸皱了起来,"可是,我的作文从来没有得到过优。我不知道写什么,老师说起码要写满一页。可是,我写到半页就结束了。"

"这个,"男人说,"你刚才不是问我海是什么样子的吗?它很美很亮,沙质的海底布满了小块的礁石,它们不知道经过多少年的海水侵蚀,变得光秃秃的。在礁石的每一处褶缝里,或是在望不到尽头的水流间,突然会出现一条或好几条大鱼,它们在那儿自在地游来游去。"

"噢,我以为海底很黑很可怕呢。"

"你看,今天天气这么好,太阳的光芒会一直到达海底下,那儿有很多鱼群排着队笔直地疾行,然后又像约好似地一齐来个直角转弯。"

男孩贴着男人坐下来,双手托着下巴入神地听着,"那多壮观呢。"他的脸上显出神往。

"你怎么知道那么多呢,你在大海里捕过鱼吗?"

第四辑 我是一只放生狐

"当然。春天的时候,你会听到海洋里咕咕咕的叫声,那是大黄鱼在产卵;夏天是墨鱼汛,就是你说的乌贼。到了秋天有海蜇汛,不过,菊黄蟹肥,梭子蟹旺发,你看到了海边那些船上高高堆着的蟹笼吧,就是捕梭子蟹的。冬天是带鱼汛,我记得有首歌是这么唱的……带鱼鲜,带鱼亮,条条带鱼铿骨亮。"

男孩"咯咯"地笑了起来,"什么叫铿骨亮啊?"

"就是带鱼很新鲜,看起来很亮啊。"

"大海可怕吗?大人们说,大海里也会死人哦。"男孩有些担忧地看了看海面,那儿,有很多着五颜六色游泳衣的人浮在海面上。

"它像一个人,有时脾气好有时脾气坏。好的时候风平浪静,看起来温顺美丽。可是一旦发起脾气来,浪高潮涌,就会发生船毁人亡的事情。"

男人的话似乎触动了男孩,他们突然间都不说话了,久久地注视着远方的海岸。男人想起那个浪急风高的黑夜,他的十几个船员顷刻间全都消失在冰冷的大海里,只有他,艰难地活了下来。

"侃侃!侃侃!"

"哎!"男孩大声应了一下,转过头问男人,"我爸爸妈妈在叫我了,你不去看一下我堆的城堡吗?"

男人说:"我一直在注意你,你堆的城堡又威风又漂亮。"

男孩顺着他的视线望过去,"这么远,你怎么看得见?哦,你有望远镜。"

男孩恍然大悟地说了一声,跑远了。

梦里有你

男人看着男孩跟着他的父母渐渐走远，直到缩成一个点，然后，掀开盖在腿上的毯子，他的左脚膝盖下空荡荡的。他拿起椅子下的拐杖，一瘸一拐地离开了海滩。

我是一只放生狐

章前导读： "我"是一只养殖场里的狐狸，和其他狐狸一样逃脱不了被杀害制成皮具的命运。有一天，来了一位女子，买下"我"和其他狐狸，把我们放生到森林，然而被养殖的我们已经不适应大自然的生活。冬天来了……

我出生的那天，蓝天中飘着几朵棉絮般的白云，它们聚集在一起，看起来好像长着尖尖的嘴唇，长长的耳朵，蓬松的长尾巴。它们细长的四肢做往前扑跃状。妈妈告诉我，那是我长大后奔跑的姿态。

我被一个叫老王的人养着，他有一个很大的养殖场，笼子里住满了像我这样的同类。我们吃着同样的食物，发出几乎同样的叫声。有时，我看着笼子外面的青青草地，蓝天白云，想：外面的世界到底是怎样的呢？

我问妈妈，妈妈说她也不知道。因为自从出生后它就一直住在这里，然后看着老王的肚皮一天比一天滚圆，脑门一天比一天锃亮。老王是靠我们发财的。妈妈说话时，一直看着外面，目光里充满了忧伤。

秋季临近，妈妈瞅着我的时间越来越长，她几乎与

第四辑　我是一只放生狐

我寸步不离，而我的毛色也变得越来越漂亮。我很自豪，可是妈妈轻轻地碰了碰我，叹了口气。

一天早上，我醒来，看见妈妈被老王赶出笼子，装上一辆车子。我叫，妈妈，别丢下我！

妈妈朝我摇了摇头，微笑着，她知道自己早晚有那么一天的。她是那么从容，安然地接受了自己的命运。

老王又来给我们喂食了。我恨老王带走我的妈妈，我决心绝食。

忍了一天，我终于熬不住了。早上，我吃了老王带来的食物，妈妈说过，孩子，我们出生在养殖场里，我们的皮毛是老王赚钱的来源。我们斗不过人，这是我们的命运。

我不甘心，也许有一天，我会成为一只在山林中自由奔跑的狐狸。

这一天终于来了，好几辆豪华私家车开进了养殖场。老王乐呵呵地把他们引进来，一个慈眉善目，打扮得阔气的女子指点着我说，这个很可爱，我要。

我和其他被选中的伙伴坐上了一辆皮卡车，我看见老王从女子手中接过厚厚的几沓钱。我和伙伴们紧紧地挤在一起，不知道他们要把我们带向哪里。

我们来到了一个叫护生园的地方，这里很安静，一种清心安神的乐曲日日夜夜地播放着。女子把我取名叫洋洋。她说这音乐叫佛经，她让我们吃素，玉米面、豆粉、白菜帮子。她有时称我为洋洋菩萨，有时称我为狐狸菩萨，她说要改变我们被捕杀剥皮的命运，让我们听经闻法，直至自然舍报。

我们的肠胃似乎都不适应，一个多月过去了，有好

梦里有你

几个伙伴舍报。这是女子说的，其实伙伴们是病死的，他们排出的粪便是黑色的，一踩就会裂开，这是因为我们吃的是玉米面，消化不了。

女子说这是为我们好，她把我们买下来，用素餐喂养，杜绝我们吃肉的恶业，天天听经，实际上是放我们一条生路。她说这叫放生。

初一那天，我和伙伴们被拉到公路上，到了山林边，他们把我们放下来。几个穿着袈裟的僧人念起了经。念经声清晰低沉，绵绵不绝，我听不懂，就像他们也听不懂我的叫声。我害怕了。

女子催我快跑，我们在原地打转，不知道该往哪里去。那儿是个陌生的世界，我对此充满了迷茫。虽然我一直向往外面的世界，可是真的到了这个陌生环境，我还是感到害怕。我哀鸣着，希望女子依旧把我们带回去。

女子说，洋洋菩萨，快走吧。这儿是你的家，你自由了。

他们走了，留下成群结队的我们茫然地看着树木葱郁的森林。

冬天来了，我的伙伴们冻死的冻死，饿死的饿死，有些伙伴看见公路上的汽车，以为是来接我们的，兴奋地跑过去，却被一头撞死。

我也病了，我知道自己很衰弱，怕是熬不过这个冬天了。大雪马上就要封山，我找不到过冬的食物。我蜷缩在一个树洞里，想念被汽车拉走的妈妈，想念她看我时的忧伤目光，还有脸上那抹淡淡的微笑。

第四辑　我是一只放生狐

现在我终于明白了，其实，我们的命运都是差不多的。妈妈说过，我们是斗不过人的。我的肚子好饿，我闭上了眼睛。我知道，我很快就可以见到我的妈妈了。

余婆婆的岛

章前导读：余婆婆住在一个清净偏僻的小岛上，岛上的年轻人都去了外地打工。忽然有一天，这个岛被宣传为仙岛，要搞旅游开发。岛上一下子来了很多人，连儿子媳妇都回来开宾馆。小岛热闹了，但它已不是余婆婆眼中原来的岛了。

突然间，小岛上蜂拥着来了很多人。

这是一个逼近夏季的日子，上岛的人穿着短袖短裤，戴着凉帽，姑娘们穿着花花绿绿的裙子，白花花的胳膊和大腿晃得余婆婆几乎头都晕了。岛上清凉，余婆婆依然穿着玄色的长衣长裤。

自从儿子媳妇去城里打工后，这座岛上只剩下像她这样七八十岁不愿挪身的老头老太。

岛上变得越来越清净，白天，余婆婆做完田头的活，就去砍一些柴火回来。她的身子还算硬朗，所以拒绝了儿子媳妇跟他们去城里的要求，她知道他们过得也难，城里房子奇贵，他们那点钱只好租个房来住，她不去做他们的累赘。

梦里有你

鸟儿又啁啾起来了，余婆婆抬眼望去，青翠的松树上那只小松鼠快活地跳来跳去，看见余婆婆也不避。余婆婆对小松鼠说："你看看你看看，这些人打哪来的啊，这里有什么好看哦，就一些七八十岁的老头老太婆，就这么一座孤零零的岛。"

有人声传来，几个男孩女孩惊叫着："快来看哪，这儿有好多鸟。哇，还有只小松鼠呢。"

鸟儿见这么多人，啁啾了一下，"扑"地飞走了。

"陆华年，去捉来送给我嘛。"

被叫作陆华年的男孩作势去抓小松鼠，男孩女孩兴奋地尖叫。小松鼠在树枝间跳来跳去，终于失却耐心，"嗖"地一下溜得无影无踪。

男孩女孩站在山头往下看，阳光下的大海宛若玻璃晶莹剔透，金黄色的沙滩像一只煎熟的鸡蛋饼。

一个女孩用嗲嗲的声音拉着余婆婆问："老婆婆，这些是什么树哦？"

她可爱清新的模样让余婆婆想起了自己的孙女，她笑眯眯地指点着说："这是铃木、野桐，那些是小槐花，你说那些草啊，这岛上都是啊，大多是茅草。姑娘，你们来这里干吗？"

"旅游啊。老婆婆，这里好美哦，空气好，景色美，我真不想回家，在这儿当一回神仙。"

"神仙？"余婆婆笑了，"我在这儿住了快八十年了，要成仙早成仙了。"

"哇，老婆婆，你有八十岁了，真看不出，你身子还这么硬朗，看起来比我妈利索精神多了。"

第四辑　我是一只放生狐

那些年轻人嘻嘻哈哈吵吵嚷嚷地走了。

过了些日子，在城里打工的一些年轻人陆陆续续地回来了，他们进岛出岛忙忙碌碌，岛上热闹起来了。

不久，儿子媳妇也回来了，他们跟余婆婆说现在这座岛被外面宣传为仙岛，那些大城市里的人被雾霾吓坏了，说在这儿可以洗洗肺呼吸新鲜空气，延长寿命，就像一部被锈蚀的机器来这儿擦锈上油呢。

他们把原来的老房子翻修了一下，然后隔成一个一个的房间，在里面装了电视，铺了地板，还有独立的卫生间。

第二年的夏天，岛上又热闹起来了，余婆婆家的房间全被那些蜂拥而至的游客订满了，那些没地方住的人只好在岸边平缓的礁石上搭起了帐篷，余婆婆的儿子从批发市场批来一些帐篷卖给那些游客。

他们除了提供住宿，还供应饭菜，余婆婆平时在田里种的菜被当作绿色食品上了桌。余婆婆总说儿子海里捞上来的鱼虾、田里种的菜不该卖这么贵的价给人家。

儿子说："你瞧瞧，看他们吃的那个高兴样，有哪个嫌贵啦，怕还来不及供应呢。"

岛上的旅游旺季一般从五、六月份开始至十月底结束，所以，其余半年的时光，儿子媳妇就住在城里不回来，他们在城里买了房，还买了汽车，劝余婆婆跟着他们去城里享享福。余婆婆住了十天后就逃回家来了，她觉得哪都不如在这岛上过的日子快活自在。

春天的时候，余婆婆忙完田里的活又上山去了，她已经有好久没看见那只小松鼠了。自从岛上涌入了那么

梦里有你

多人后，她再也没有见过它。唉，真搞不明白，这儿有什么好看哦。

余婆婆想起以前过的清净日子，叹口气，摇摇头。她知道，自己再也回不到过去那样的日子了。

大海的味道

章前导读：阿原是个乖巧的小男孩，爹出了海，娘为生计忙采螺，阿原只好自己坐在防波堤上盼着远方的爹回家来，想着爹抱起他亲热时说自己身上是大海的味道。

阿原坐在防波堤上，远处，几艘渔船正扬帆往近处驶来。阿原手搭凉棚喊："阿爹哎，你快回家来了啊。"

阿原娘在防波堤外的礁石上忙碌，夏天正是采螺的季节。阿原娘穿着一件红花绿底的上衣，在一大群采螺的女人中，阿原觉得自己的娘最好看。

阿原娘采一会儿螺喊一声阿原，阿原就脆生生地应一声："哎！"

这次，阿原娘听见了阿原的说话声，问："阿原，你在喊什么哪？"

阿原指着远处大声说："我喊阿爹呢，那是不是阿爹的船？"

阿原娘直起腰，顺着阿原的视线看过去，说："哪

第四辑　我是一只放生狐

能这么快，你爹出海才几天呢。"

"哎哟，这儿死螺这么多，天杀的外地人！"方嫂突然嚷起来。

阿原所在的长西村外地人多，他们总是偷偷地在礁石边炸鱼，炸药一响，正在呼吸的螺就张着嘴猝死了，它们又不会自行脱落，就这样硬生生地长在礁石上。

阿原娘走过去，使劲铲着那些开了壳的死螺，它们牢牢地粘在礁石上，她的手被锋利无比的尖壳划破了。"哎哟。"阿原娘痛喊了一声，连忙用嘴往伤口上啜了一下。

"你瞧你，反正死了，铲下来有何用？"方嫂掏出衣兜里的手帕，绑在阿原娘的手上。

"不铲掉死螺，新螺怎么会在礁石上生长呢。"

"你瞧瞧，"方嫂一边铲着螺一边跟阿原娘发牢骚，"那些天杀的把螺剃光头似的连片带青苔都铲了去，来年还有什么螺哦，就看这铲螺的样子，就知道是外地人，咱们本地人是从不铲小螺的，让它继续生长，外地人就知道做断命生意。"

阿原看见防波堤下的夹竹桃花开得热闹，红的、白的沿海塘连绵而去，他跑过去，想看看夹竹桃花的队伍列得有多长。

阿原娘又叫了一声阿原，她听不见回答。

"阿原！阿原！"她声嘶力竭地喊了几声后跑上堤来，她看见阿原手里捧了几朵白的红的夹竹桃花，看见她，笑嘻嘻地说："娘，给你。"

阿原娘哄阿原："乖，你再等娘一会，不要跑开去

梦里有你

了啊。等娘铲了螺,卖了钱给阿原买棒冰吃,好不好?"

"棒冰"两个字刺激了阿原的食欲,阿原呜咽起来:"娘啊,我要吃棒冰。"

方嫂走过来,埋怨阿原娘:"你也真是,老是哄小孩,啥时买一支给他吃嘛,瞧他,跟着你晒得黑泥鳅似的。"

阿原娘看了看木桶里的螺,亲了亲阿原:"宝贝,等娘卖了螺一定给你买。你坐这儿,不许跑来跑去哦。"

阿原流着口水点点头。他看见娘走下堤去,走过礁岩,跟方嫂说了一句什么,然后扑下海去,他看见娘红花绿底的衣裳像一朵绽开的花瓣在海面上铺展开来。

方嫂跟阿原娘一样,采一会儿螺喊一声阿原,后来阿原说:"不要叫了,我就在这儿嘛。"

惹得方嫂笑了:"这小子,还嫌我烦,我喊得唇都干了呢。"

阿原想起爹回来的那艘船了,可张眼一瞧,哪里有船的踪影呢。哦,娘说得对,爹才出去几天,不会这么快回来呢。他想起爹回家时用粗厚的手一把抱起他的情景,爹的身上满是咸腥的难闻味道,他总是躲避着爹的亲热。

爹说:"阿原,你知道吗?爹身上那是大海的味道,是黄鱼、带鱼、墨鱼、鲳鱼的味道。没有这些味道,你爹就捕不上鱼,阿原和娘就吃不到鱼喽。"

阿原想:娘有时也到海里去,可她的身上总是香香的,暖暖的。他喜欢跟娘睡,喜欢闻她身上的味道。

阿原醒来的时候已在家里。娘说她在海里摸了很多螺,她和方嫂在市场上卖了些钱,想要给阿原买棒冰,可阿原睡得死沉,她只好省下这笔钱,给阿原爹回来时

第四辑　我是一只放生狐

打酒喝。

　　阿原听到这儿，"哇"的一声哭了，他实在是太伤心了，为什么快到手的棒冰偏偏就没了呢。小娟说她吃过棒冰，凉凉的，甜甜的，说不出的好吃，他的小伙伴们都能说出棒冰的滋味，就阿原自己听着干瞪眼，编也编不出谎话来，因为自己真的没吃过嘛。

　　阿原揉着眼睛哭得昏天黑地，娘想扒拉下他的手都不肯。静了一会儿，他听见娘说："阿原，瞧瞧，这是什么？"

　　阿原偷偷睁开了一下眼睛，哇，娘的手里端着一只绿色的瓷碗，一支通体雪白的棒冰搁在碗里，那上面，正冒着仙雾般的冷气呢。

吃　鱼

　　章前导读：这是一位继母和女孩之间无形的较量。女人用自己的耐心、爱心和关心渐渐化解了女孩对她的敌意，让女孩由衷地喊了她一声：妈。

　　饭桌上，有四盆菜，一盆鱼，两盆蔬菜，一碗汤。菜都热气腾腾的，冒着烟气。女人坐下来，笑眯眯地对女孩说："来，咱们吃饭吧。"

　　女孩不吭声，把筷子伸向红烧小黄鱼。小黄鱼新鲜，三指宽，肉质鲜嫩，口感爽滑。在菜场的时候，女人犹

梦里有你

豫了许久，终于选了两条大的。贵是贵了点，但女儿正长身体，读书又辛苦，该花的钱还得花。

女孩不吃蔬菜，就吃鱼。一忽儿，那盆鱼就只剩下了头和尾巴，跟一些碎骨鱼刺绞叠在一起，狼狈不堪，惨不忍睹。

女人惊讶地想：天哪，有这种吃法吗？

女孩吃完，一声不响地回房间去了。女人收拾着碗筷，想着心事。

那天，女人又买来一条鲈鱼。她花了一番功夫，烧好后在鱼嘴里塞了一个圣女果，在鱼身上撒了红辣椒，还特意选了一个椭圆形的花盆子，端到桌上。

女孩看到饭桌上的鱼，惊喜地叫了声："哇，这么好看，是什么鱼呀，我还没看到过。"

女人笑盈盈地摘下围兜，说："是鲈鱼。我上次到杭州出差，在酒店里吃过这道清蒸鲈鱼，觉得挺好吃，向人讨教了法子。来，尝尝我的手艺如何。"

女孩看了她一眼，目光柔和多了，她把筷子径直伸向鱼身。

女人说："晶晶，在你吃鱼之前希望能听我说几句话。你喜欢吃鱼我很高兴，不过你现在长大了，有些话我有责任告诉你，有很多事情的成败都是从细节开始的。"

女孩停了筷子，听她说话，神情有些不悦。

女人放缓口气说："你很聪明，长得也漂亮，人家对你的第一印象肯定是好的。但有时聚会吃饭时，人们从一个人的吃相上便可以看出他的修养。比如你不吃鱼头，不吃鱼尾，只吃中间部分，那么剩下来的叫谁吃呢？

第四辑　我是一只放生狐

再打个比方，假如聚餐时你晚到了一步，看到只剩下头和尾的鱼，你又会做何感想？"

女孩脸红了红，大眼睛忽闪忽闪着不知在想什么。

女人柔和地说："吃吧吃吧，我去给你盛汤。"

等她把汤搬到桌上，那条鲈鱼只剩下了头和尾。这次，头尾未断，鲈鱼睁着一只圆眼，有些嘲弄地盯着她。

女人叹了口气，默默地把剩鱼吃了。

好几天过去了，女孩依然我行我素。

那天，女人把烧好的鱼搬到桌上，在女孩面前放了一只空碗，说："晶晶，一个人要想一下子改掉多年的习惯是有些难，你看这样好不好？你先夹一条鱼在这只空碗里，吃完了再夹另一条，这样就不会忘了。"

女孩摆出一副随便的神情，女人选了一条大的，放在她面前的空碗上："吃吧，喜欢吃我明天再去买。"

女孩一筷子下去直奔主题，她微笑着提醒："晶晶，是不是又忘了？"

女孩的筷子在鱼头和尾巴之间犹豫着游走，少顷，似下定了决心，风卷残云般地把中间那部分吃了。然后，自己又夹了一条。

女孩抬起头，理直气壮地看着她，露出"我就喜欢这样吃"的神情。她不说话，把女孩面前的那只碗拿过来，把剩下的残鱼吃了。

一连十多天。那天，她照例去拿女孩面前的盆子，发现盆里面很干净，女孩微笑着看着她："我都被你感动了。妈，下次，我保证吃鱼从头吃到尾，不让你吃我剩下的鱼骨头啦。"

梦里有你

女人笑呵呵地看着女孩，眼角闪出了泪花。

那天，男人终于出差回来了，见女人和女孩头碰头凑在一起，叽叽咕咕地边笑边不知在说些什么，男人笑着说："你们俩在说些什么呢，也不来迎接我一下。"

晚上，女人对男人说："晶晶叫我妈了呢。"

男人惊讶地说："真是奇迹呀，我那个犟女儿。我在外还一直担心，不知你们俩相处得好不好呢。"

女人吃吃地笑了："我说过一切皆有可能，等你出差回来，我保证给你一个惊喜。这下你该相信了吧。"

台风来了

章前导读：爸爸和妈妈去单位抗台，家里的姐姐和弟弟暗自兴奋，觉得可以自由了。在一番打碎碗、偷吃枣、演戏剧的玩耍后，面对着愈来愈强的台风，姐姐和弟弟在恐惧中度过了难忘的一夜。

黑夜提前来临了，妈妈带着两个孩子在昏黄的灯光下吃饭。爸爸从早上出去就一直没回来。

这次台风非比寻常，可能会在舟山登陆。临出门的时候，爸爸语气有些沉重地对妈妈说。妈妈点着头，给爸爸递上雨衣和雨靴。两个孩子看看爸爸妈妈严肃凝重的表情，他们没有害怕，只是有些忐忑的兴奋。

妈妈吃完饭，对两个孩子中的姐姐说，妈妈还要去

第四辑　我是一只放生狐

单位抗台，你等下再去检查一下窗户和门，关牢了带着弟弟睡觉就是了。今晚可能会停电，床头柜上有蜡烛、火柴，小心点哦。

嗯。姐姐点着头，和弟弟相视着笑了一下。他们看着妈妈瘦小的身影消失在黑夜中。

雨还在下，"啧啧啧"的声音像小鸟在轻啄窗户。风刮得还比较温顺，有一阵没一阵的。

两个孩子关上门，兴奋地大叫了一声，哇，解放喽！

弟弟拿起门背后的棍子，"呀呀呀"叫喊着胡乱挥舞了一通，然后拿棍指着姐姐喝道，呔！何方妖怪，吃俺老孙一棒！

姐姐笑着绕着桌子跑，弟弟追，只听"哗啦"一声，弟弟的棍子打碎了桌上的一只碗，两人相视着呆住了。

姐姐说，看你，又闯祸了，你这个毛手毛脚的小子，等着让爸爸打屁股吧。

弟弟不示弱，叫，你也有份，谁让你躲我棍子来着。

姐姐说，不玩这个了，咱们玩过家家。

弟弟不依，姐姐恐吓弟弟，那我就去告诉妈妈是你打碎了碗。

两人跑进妈妈的房间，姐姐从衣橱里找出一块大红羊毛围巾，盖在弟弟头上。

弟弟扯下来大叫，干吗？我看不见了！

姐姐说，你扮新娘子。她逼弟弟穿上爸爸的长衬衫，让他当作水袖甩来甩去，知道吗？古代人都是这样的。

她自己戴上一顶棉毡帽，用妈妈的袖套当作水袖，挽起弟弟的手，娘子，请。

梦里有你

弟弟忸怩地跟着姐姐的脚步，往前踏一步，甩一下水袖，他觉得一点都不好玩。

灯突然灭了，姐姐尖叫了一声，然后她想到自己是姐姐，她拍拍紧紧攥住她衣角的弟弟的手，别怕别怕，妈妈给咱们准备了蜡烛。她跌跌撞撞地摸到床头柜旁，找到火柴蜡烛，房间里亮起来了。

蜡烛的火焰摇曳着，墙上显出鬼魅般的影子来。

鬼呀！弟弟怪叫了一声，跳上床，冲进了被窝。

姐姐也叫了一声"妈呀"，跟着弟弟钻进了被窝。

两人用被子捂住头，躲在里面边笑边吓唬对方。

终于吵累了，伸出头，看着这个显得有点陌生的房子。

他们听见外面的雨声骤然急促了起来，原先像鸟啄的声音变成了大把大把的石子掷击窗户的声音，风号叫着，世界似一面巨大的鼓，被击打着发出各种各样的声音。两人爬起来，脸贴着窗户，外面一团漆黑，什么都看不见，倏忽传来呼呼啪啪声和物品瘆人的碎裂声。

小弟，你饿不饿？

饿。有什么东西可以吃？

我看见妈妈房里藏了一包黑枣，我们去挖几粒来吃。不过你得发誓，不许告诉妈妈。

嗯，我发誓，我做叛徒就变成一只小狗。

姐姐满意地点点头，不一会，她从妈妈房里回来，往弟弟的嘴里塞了一粒。

好吃吧。要是天天有枣吃那该多好。

哦，那咱们再去挖几粒来吃。

第四辑 我是一只放生狐

贪吃鬼，多挖妈妈会发现的。记住了，不许告密啊。

嗯。弟弟迷迷糊糊地应着，眼皮子开始打架。

半夜，姐姐突然醒来，她下意识地用手一摸，弟弟的被子湿漉漉的。

小弟，你又尿床了！她坐起来推醒弟弟。

弟弟愣了一会，嘟囔着，我没有，你才尿床呢。

突然，弟弟大叫，"不是我，是屋子里下雨啦！"

姐姐点亮灯，谢天谢地，总算来电了。弟弟头上的天花板挂着一串串的水珠，正一滴一滴地往下掉，怪不得被面上湿漉漉的。然后，他们又听到了房子里到处滴滴答答的漏雨声。

外面，狂风吼叫，暴雨如注，门"砰砰砰"地响着，仿佛有个巨人在拼命撞击着随时破门而入，房子似乎在摇晃，像是顷刻间要坍塌下来。两人手足无措地对视着，像两只孤岛中惊恐的小鸟。

"妈——妈"，弟弟嘴一咧，哭起来了。

姐姐也跟着抽抽搭搭地哭了起来。

哦，有爸爸妈妈在那该多好啊。

天明，风停了，妈妈爸爸回家来了。他们院子里的花草凌乱一片，鸡舍的棚顶被掀去了，几只鸡挤在一起瑟瑟发抖。

妈妈迫不及待地打开门，看见她的两个孩子挤在半张床上睡着，半边床上放着脸盆、锅子、碗，雨滴落在上面，发出沉闷的响声。那两张天真的小脸上，兀自挂着未干的泪痕。

梦里有你

说吧，爸爸

章前导读：儿子工作压力大，不耐烦听父亲的唠叨。父亲提出自己去养老院，为的是在那里可以找到说话的人。某天儿子出差回来，发觉父亲一个人在对着空床讲话。

父亲看着李尔，一言不发。李尔想：父亲今天怎么啦？他低下头，把碗里的汤喝得"嗞啦嗞啦"响，抬起头，见父亲仍坐在那里看着李尔，碗里的饭丝毫未动，他心里有点发毛。

"爸爸，你老这样看着我干吗？"

父亲说："李尔，我要去养老院。"

李尔差点跳起来，他装着伸出手去摸父亲的脑额。

"我没有说胡话。"父亲仿佛看穿了他的心事，"我以前是说过，这辈子我死都不去养老院。可是你瞧，你老出差，我一个人在家，没人跟我说话。好不容易盼到你下班了，你又嫌我烦。"

李尔觉得很愧疚。昨天，父亲对着刚下班的他又絮絮叨叨的时候，他生气地对父亲喊让他能不能少说两句。他烦着哪，单位领导的训斥就已经够让他受得了。

"我是自己想去的，我决不会说是你送我去的养老院。"

李尔送父亲去养老院的那天是个晴天，阳光晒得人

第四辑　我是一只放生狐

暖洋洋的，河边的柳树绽出了绿色的嫩芽，空气中有一丝泥土和青草的香味。李尔想：假如不是送父亲来养老院，能在这样的天气里去踏踏青该多好。但是，隐隐约约的，他的心里有一丝解脱了轻松感。

养老院很干净，两旁的绿化带中间隔出一条宽宽的水泥路，屋檐下，很多老年人三五成群地聊着天，像一群鹦鹉在聒噪。看见李尔和父亲，他们都不出声了，只是一个劲地盯着他们看。李尔脸上热乎乎的，心里很不自在。他挽着父亲，加快了脚步。然后，他又听见他们聊了起来。

"又送来一个，人老了，孩子拿我们当累赘。"

李尔悄悄看了一眼父亲，他的脸上似乎有泪痕，看来他又偷偷哭过了。

"爸爸，等我娶了媳妇，有人照顾你了，我再来接你。"

父亲看着他点点头，似乎不太相信他说的话。

"真的，我说话算数。在这儿也好，至少，会有人跟你聊聊天，还有人照顾你。"李尔安慰父亲。

父亲笑了笑，说："对，我也是这么想的。你去忙吧，不要惦记我"。

父亲的房间里还住着一个老人，长得慈眉善目的，父亲见了他，像见到了久别重逢的亲人一样，拉着他的手说个没完，完全忘记了李尔还在身边。

李尔每个星期去看一次父亲，后来十天去看一次，半个月去看一次。他仍旧很忙，但再忙也得去看，即使是形式上吧，李尔想，至少，对父亲也是一种安慰。

梦里有你

李尔每次去的时候，总看见父亲在太阳底下挥着手兴致勃勃地说着话，那些老人围着他，有的入神，有的不屑，有的打着瞌睡，有的心不在焉。但这似乎一点都不影响父亲的说话情绪。

李尔这趟差出得有点长，至他回来，已是这个月的月底了。他走进养老院的时候，又看见那些老人聚在太阳底下晒太阳。他们看见他，都打量着他，有几个老人跟他点点头，嘴唇陷在没有牙齿的口腔里，一动一动的。李尔笑笑，他搞不清他们是不是在跟他打招呼？

快到房间门口时，他听见了父亲的说话声，声音抑扬顿挫，激昂有力。都七十多岁的老头了，说起话来还是这般地声高气昂的。李尔想：幸好把父亲送到养老院来了，在家里一个人还不把他憋闷死？

李尔推进门的时候先是看到一张床空着，他有种不祥的预感。养老院死人是经常的事。父亲站在那张床前，挥着手起劲地说着话。父亲看见他，突然变得神情沮丧。

李尔说："不好意思，爸爸，我这个月出长差了今天才回来，上次我电话里跟你说过的。"

父亲坐下来，喃喃地说："我知道。"

李尔看着那张床，小心翼翼地说："那位老伯……"

送父亲来养老院之前，院长就交代过，少在老人面前提起关于死的话题。因为这里每逢老人去世，其他人都得惶惶不可终日好几天，这给服务工作带来很多困难。

"走了，都走了。他们不想听我说话。"

李尔不太明白父亲的意思，他说的也许有两层意思，又不敢明问。他觉得跟父亲越来越难沟通。他有些尴尬地垂着头坐在那儿。

父亲的下巴颏支在拄着拐杖的手背上,两眼死盯着李尔。

李尔说:"也好,一个人清静些。"

父亲突然大声说:"可是,我来这儿干什么?我就是想找人人说说话!"他边说边不断地把手里的拐杖触着地,因为激动和难过,他的嘴唇颤抖个不停,大颗大颗的眼泪流在皱纹密布的脸颊上,泪水在那张哀伤变形的脸上铺陈为一片水光。

李尔眼睛红了,他握住父亲的手,说:"别难过,说吧,爸爸,儿子愿意听你说话!"

痴心戈尔

章前导读:有一天,李尔把一条受了伤的流浪狗领回家,给它洗澡喂东西吃,并把它取名叫"戈尔",但狗似乎不领情,每隔几天要跑出去。某天遇上戈尔主人,李尔被敲竹杠花两千元买下戈尔,但痴心的戈尔却自杀了。

一天,李尔扔垃圾的时候,在垃圾箱旁看见了一只狗。狗灰尘满面,浑身上下十分肮脏,看不出毛色,左耳血肉模糊,一副饥饿相。

李尔动了恻隐之心,他从家里拿来包扎的药,还在

梦里有你

小卖部买了火腿肠让它吃。但狗仿佛不领情，露出凶相，朝李尔吼叫。李尔躲到一个角落里，狗四顾无人后开始吃东西。

第二天，李尔上班经过垃圾箱，那只狗不见了。李尔想那八成是只流浪狗，不知它耳朵的伤好了没有？

半个月后，李尔去几十里外的奉城办事，回来的路上在一个垃圾箱旁又看见了那只狗，它仿佛更瘦更脏了，围着垃圾箱不停地打转吠叫，看上去疲惫不堪。刚好附近有家狗食超市，李尔进去买了几听罐头，打开来放在狗面前。狗显然认出了李尔，知道他没有恶意，不再吠叫，很快埋头吃了起来。

就这样，它跟着李尔回了家。李尔给它洗了澡，才发觉这是一条浅灰色皮毛的狗，从头部往脚下颜色递深，眼眶、爪子和前胸点缀着耀眼的白花，眼神温顺而又倔强。洗过澡后的狗看起来显得精神多了，李尔给它起了一个很洋气的名字"戈尔"。

但戈尔对这一切似乎不领情，每隔几天便要跑出去一趟，回来的时候总是又脏又瘦。于是，李尔给它上了锁链。但只要李尔一打开锁链，戈尔便会乘他不备一下子冲出门去。李尔为这条狗伤透了脑筋，他开始有些后悔收养这条狗，因为他发现自己对它有了感情。

这次，戈尔跑出去的时间有点长，七天了还是杳无音信。那天，李尔开着车沿城寻找，找了大半天，终于在郊外的垃圾箱旁看见了又脏又瘦的戈尔，只见它朝一个肩背编织袋捡垃圾的人边吠边追，被追的人烦了，回过头拿手中的棍子吓它。戈尔停住了，它失望地转过身

第四辑　我是一只放生狐

又跑了起来。

李尔回到家的时候，戈尔已等在门口，一见李尔，它便主动凑上去低首俯耳地亲热。李尔蹲下身摸了摸它的头说："你为什么老是往垃圾箱跑呢？难道你以前的主人是捡垃圾的吗？"

谁知，戈尔一听"捡垃圾"这三个字，突然兴奋地"汪汪"叫起来，边叫边咽唾沫，还高兴地直摇尾巴。李尔有些失望，再怎么说，他这儿的条件总比它跟着捡垃圾的主人强多了，何况，他养它已半年多了呢。

这以后，戈尔好些日子没跑出去，即使出去，第二天就回来了。它对李尔仿佛逐渐有了亲热感，早晨李尔去上班的时候，它就用嘴叼着他的包送到李尔的手上，晚上李尔回到家，它就围着李尔撒欢，舔他的手，李尔也不再用锁链锁它，有时还带着它在小区内散步。它也变得越来越强壮，快跑起来的时候，贴着地面滑行的样子就像一只矫健的狼。

那天的事情来得没有一点征兆。下午，李尔带戈尔走在小区的绿荫道上散步，一个肩背大编织袋、衣裳破旧的拾荒人两眼死死地盯住了戈尔，然后他叫了一声："欢欢！"戈尔听到他的叫声，咧开嘴，立刻高兴地迎着他跑过去，它的耳朵往下耷拉着，闻闻他的手便舔了起来。

李尔心里咯噔了一下，他说："它现在叫戈尔。你认识这狗？"

"对呀，那狗就是我的，后来它自己跑丢了。你瞧它见我时的那副亲热劲儿，就知它对我有多黏糊了。"

梦里有你

拾荒人转了一下他的小眼睛,边逗狗边说。

李尔说:"你想带它走?"

拾荒人看了一眼李尔,"你知道只要我一招呼,它就会立即跟我走。除非……"

李尔一下就看出了他的心思,"说吧,你要多少钱?"

拾荒人伸出两根手指,说:"你也看出来了,那是一条好狗不是。两千,两千怎么样?"

李尔低头看了看戈尔,它趴在他们中间,脑袋低低地放在前身上,耳朵却竖起来,谁说话,它就抬头望着谁。

拾荒人见李尔沉默,说:"这可是一条能干的狗,我还真舍不得呢。"

李尔掏出钱包,飞快地数出两千元钱,有些厌恶地塞到拾荒人手里,"拿去吧,以后别再让我在这儿看到你!"

拾荒人用手指沾了一下唾沫数起来,然后他笑眯眯地拍了一下戈尔的脑袋说:"去吧欢欢,跟新主人吃香的喝辣的去吧。"

戈尔仿佛有些懂了,它满地乱转,咬自己尾巴,嘴里呜呜哀鸣。

拾荒人渐渐走远了,戈尔出神地望着他的背影,又谨慎地望了一下李尔,嗅了嗅他的手。突然,他一跃而起朝着拾荒人飞奔起来。李尔心里很失落,站在那里看着戈尔似箭般追上了拾荒人。他看见拾荒人骂它,用脚踹它,但戈尔仿佛铁定了心跟他,一边蹦蹦跳跳卖着乖,一边可怜地摇着尾巴讨好着旧主人。

"快滚,你这只缺耳朵的癞皮狗!"这次李尔听清

第四辑　我是一只放生狐

了，拾荒人边骂边抡起棍子使劲敲了一下戈尔，戈尔哀号了一声，慢慢地趴伏在地上，呆呆地看着拾荒人渐渐走远。李尔走过去，在戈尔身边蹲下来，他看见戈尔温顺而又倔强的眼神里满是令人心碎的哀伤。

突然，戈尔立起身来，它飞快地朝着对面的墙冲过去，在李尔还没反应过来它到底要做什么的时候，戈尔的身体已缓缓地瘫软在墙下，雪白的墙上，开了一朵灿烂耀眼的血花。

一条去天堂的狗

章前导读：男孩和写小说为生的父亲相依为命，男孩喜欢一条叫加菲的流浪狗，每天把省下的钱给流浪狗买火腿肠吃。某天，小男孩发现加菲死了，伤心的他扑在父亲怀里哭泣。父亲安慰男孩，据此写成一篇小说并获得了成功。

男孩一骨碌爬起来，揉了揉眼睛，跳下床，趿拉着鞋走进爸爸的房间。

"爸爸。"他伸出小手轻轻推了推还在酣睡的男人，男人嘟囔了一声，又翻过身去睡了。男孩爬上床，犹豫了一下，用手捏住男人的鼻子，不一会，从男人的嘴里长长地吐出一口气来，男孩忍不住"咯咯咯"地笑了起来。

男人睁开眼，看着男孩，微笑着伸出胳膊说："来，

梦里有你

儿子，上我这儿来。"男孩顺势扑倒在他的怀里。

"嗯，烟味好重。爸爸，昨晚你几点睡？"

"4点多吧。"

"写小说能赚钱吗？"

"发表了就会有钱。"

"那，昨晚你写的能发表吗？"

男人想了想，说："能！当然能！明年你就要上学了，爸爸一定会赚很多的钱回来。"

男孩笑了，放心地跳下床："爸爸，我去买包子，给你也带两个吧。"

男人看着男孩，疲倦地摇了摇头："你自己吃吧，爸爸还想再睡会儿。"

男孩从小猪储蓄罐里倒出一枚一元硬币、一枚五角硬币，回身看了看男人，男人正沉沉入睡。男孩仿佛在思考，终于下决心似的又把五角硬币塞了进去。他穿上衣服，轻轻地带上了门。

街上，两只公狗正追逐着一只母狗，一群鸽子从树梢上高高地飞起，又盘旋而下。男孩跑到店里，一会儿出来，嘴里啃着一个面包，手上拿着一根火腿肠。他飞快地跑过街道，停下来看了一会儿追逐嬉戏的狗，笑了一下，又笑了一下，然后又飞快地跑了起来。

街角拐弯处的商店后面有一只垃圾箱，一条瘸了腿的流浪狗经常在那儿转悠，自从男孩发现了那只无家可归的狗后，每天从自己的早餐费里省下五角钱给狗买火腿肠吃。

男孩没找见狗，有些失望。"加菲！加菲！"男孩

第四辑　我是一只放生狐

叫喊着，他最喜欢看《加菲猫》，所以给那条狗也取名叫"加菲。"可是，今天加菲没像往常那样欢叫着跑到他身边。

男孩怏怏地往回走，走了一段路，见马路上躺着一条狗，黄色的眼睛睁得大大的，看不见伤口。他蹲下身，慢慢地伸出手去摸狗的身子。狗很瘦，肋骨清晰可见，躯体已经变得冰凉僵硬。男孩抬起泪眼蒙眬的双眼，看见的是行人来来往往的脚，男人的女人的，着高跟鞋运动鞋尖头鞋的，可没有一双脚停下来告诉他：那条狗是怎么死的？

男孩回到家的时候，男人正坐在桌边写东西。男人问了一句："怎么这么久？"

男孩坐在椅子上沉默不语。

男人奇怪地回头看了男孩一眼："怎么啦？发生什么事了？"

男孩走过来，搂住男人的脖子，抽泣起来，"加菲，加菲死了！"

"谁？谁是加菲？"

"是狗，是我的狗啊！"男孩号啕大哭起来。

男人抱紧男孩，等他止住哭声后说，"好吧，跟我讲讲那条叫加菲的狗狗。"

男孩叙述着第一天认识加菲的情景，仿佛又看见它撒欢着跑到他身边。冬天，他们抱在一起取暖，夏天，他带它去河里游泳。说着说着，男孩的神情渐渐释然起来。

"爸爸，你说加菲会不会去了天堂？"

男人曾经给男孩讲过一只狗和主人同上天堂的故

梦里有你

事，因为他们之间只能有一个上天堂，主人和狗都想让对方去，最后，当他们因为谦让双双要堕入地狱的那瞬间，上帝被感动了，破例让他们一同去了天堂。

"是，我相信它一定上天堂了。那儿没有饥饿，没有病痛，没有欺凌，加菲会很快乐的。"爸爸安慰男孩，男孩破涕为笑，出去玩了。

男孩走后，爸爸沉思良久，然后，他在电脑上敲下一行字：一条去天堂的狗。

后来，他写的这篇小说获了奖，又被拍成电影，感动了无数人。这已是男孩上小学两年级以后的事儿了。

正面人物

章前导读：康大利是个街头小混混，欺负小孩殴打母亲，小镇上的人看见他唯恐避之不及。某次街上游逛，康大力无意中抓住一个人贩子，从此扬名，并被当成正面人物报道。

卢伦的儿子卢小宝手里拿着一只新买的弹弹球正边玩边跟周围的小孩子们吹嘘，康大利走过来，说："嗨，小子，手里拿着什么呢。"

卢小宝赶紧把球藏到背后，说："没什么。"

他的动作不够快，康大利早看见了，他大步走过去，抓住卢小宝紧攥的手："你这个撒谎精，松手！"

第四辑　我是一只放生狐

卢小宝哭起来。

康大利使劲掰开卢小宝的手,胜利地拿到了弹弹球。

"还给我!还给我!"卢小宝跟在康大利后面,哭着说。

"想吃拳头吗?"康大利一拳就把卢小宝打倒在地,然后玩着弹弹球得意扬扬地上了街。

中午吃饭时,康大利回到家,见家里冷锅铁灶的,不由大嚷:"妈,你儿子肚子饿了,你怎么不烧饭?!"

母亲冷着脸坐在那儿不说话,康大利又叫了一遍。

"妈,我肚子饿了。你耳朵聋啦!"

"你还想吃饭,你这个闯祸精!一天到晚净惹事。人家小宝的父母都来告状了,这么大人了,还抢人家东西。你不嫌丢脸我还嫌丢脸哪!"

母亲越说越气,从椅子上站起来作势打康大利。

康大利一把抓住母亲的手,"妈,别惹我,我不想打女人!"

母亲气不打一处来,"你反天啦,敢打我!"她的手还未挥出去,被康大利一扯,人站立不稳,"扑通"一声倒在了地上。

康大利说:"妈,我说过叫你别惹我的。是你自己摔倒的啊!"

母亲伏在地上大哭起来。

康大利跑到街上,又冷又饿,摸摸口袋,一个子儿都没有。他百无聊赖地在大街上闲逛,想着怎么弄到点钱和吃的。包子铺倒是有热气腾腾的包子,不过他们看见他像见了贼似的,满脸的警惕,不好下手。

梦里有你

"这帮吝啬鬼！等哪天老子有钱了，把你们的包子铺全买下来！"康大利狠狠地想着。

街角拐弯处，趴着一个瘦骨伶仃的小乞丐，细胳膊细腿像麻花似地拧着，仿佛那是另外长出来的细棒子。小乞丐脸皮冻得发紫，看见他，喃喃叫："可怜可怜我，给点钱吧。"

康大利蹲下来，看了看小乞丐眼前装钱的塑料碗，"你叫老子施舍钱，老子还是你富呢。"他想趁小乞丐不注意抓几个钱再逃走。他看了看四周，小乞丐脚不会走路，应该有同伙，不能贸然下手。听说那些人故意把骗来的小孩手脚弄残，再利用他们骗钱。他又蹲了一会，没发现有可疑之人。他们不见得整天都盯着小乞丐吧？于是，他迅速从塑料碗里抓了钱站起来。

一个男人抓住他的手，"你连乞丐的钱都要偷！"

康大利挣扎着说："我没有偷！你这个骗子！你这个人贩子！"

男人说："别乱叫！"

康大利见男人不喜欢他这样骂，偏大叫起来："你这个大骗子！你这个人贩子！"

男人很生气，刮了他一个耳光，又重重地揉了他一把，"拿去拿去！你这个臭小子！"

这下康大利不依不饶了，扯住他边哭边骂："大骗子！人贩子！"

人越聚越多，男人慌了，欲挣脱康大利的拉扯走掉，康大利使劲抓住他边哭边叫，直到来了警察。

康大利出名了。原来，那个男人正是利用骗来的孩

第四辑 我是一只放生狐

子赚钱团伙中的一员。

记者来采访，刚好采访到了卢小宝的父亲卢伦。

"你说康大利啊，这镇里人都知道，那可真是个好孩子。他正派上进，爱打抱不平。谁家有难事，他都乐于帮助。这个……前几天吧，一个孩子玩的弹弹球掉进了池塘，他还跳下去帮着捡回来，要知道天这么冷哦。"

"他家，哦，他对他母亲可孝顺了，从来不顶撞他母亲，每天帮着做家务。你想，这么大小子了，谁呆得住家啊，早外面疯跑去了。他呢，帮着他娘淘米洗菜，端洗脚水，还给他娘洗脚呢。他娘真是好福气哦。"

"大家都喜欢他。我们早知道，他将来是要干一番大事的。这不，他做了吧，他成名人了！"

卢伦的那番话被稍微压缩后登在了报上。镇里人笑话他，他说："我不这么说别人也会这么说，康大利是被当作正面人物报道的，咱们镇不也就此沾了光吗？何况，报纸上是绝对不会登那些不利于正面人物的话的，不信你去试试！"

杀鸡给谁看

章前导读："我"带儿子去乡下朋友家做客，看见朋友儿子胆子大萌生互换儿子一个月的想法。约定的日期到了，我对朋友儿子的教育达到了如期效果，然而，当看到儿子后，"我"禁不住大吃一惊。

梦里有你

去乡下，朋友好客，叫他的儿子去鸡窝里抓鸡。鸡窝建在院子尽头潮湿发黏的地上，几只鸡或睡或卧在沾满粪便的泥地里。朋友的儿子才八、九岁模样，也不惧色，蹲下身，打开鸡窝栅栏门，弯腰把身子伸了进去。窝内立时响起沉闷的"咯哒、咯哒"的叫声，鸡窝里嘈杂一片，鸡张着翅膀四处乱跳。朋友的儿子拖了一只几乎吓晕了的鸡出来，怀着一种胜利般的神情交到他父亲手里。

石板地上放了一只大瓷碗，见朋友，已磨刀霍霍。他把鸡摁在地上，一只手抓住鸡的双翅，另一只手把鸡脖子上的毛拔去，然后朝鸡脖子上就是一刀。鸡蹦跶了一会不动了，从鸡脖子上流出鲜红的血，一滴一滴落到白色的瓷碗里，一会儿，鸡圆而皱的眼皮耷拉下来，死了。

儿子不知早跑到哪去了，我有点头晕，朋友儿子兴致勃勃地帮他爹把鸡放到一只热气腾腾的大锅里，然后开始拔毛。

餐桌上，儿子看着那盘鸡肉说什么也不肯吃。"血腥。让人恶心。"他悄悄地对我说。

饭后，乘着朋友儿子不在，我说："你怎么……让孩子看杀鸡，那毕竟有点暴力。"

朋友说："培养他胆量嘛。我儿子那不是吹的，十多里的夜路敢一个人走，海滩边捡海螺、拾海瓜子、钓鱼，样样拿手。看杀鸡，那有什么，上次我不在，他妈还让他杀了一只鸡呢。"

"为什么我们农村娃的胆量比城里娃大，就是靠这样练出来的。"他总结性地说了一句。

我正为儿子的胆小发愁，见朋友如此说，便说："不

第四辑　我是一只放生狐

如，咱俩换儿子，一个月为期限。你培养我儿子的胆量，我培养你儿子爱看书的习惯。"那是朋友的遗憾，我儿子嘴里说的古诗英语他儿子听了一概不懂。

儿子当然不情愿，但这是我这做妈的决定，他也没办法，何况我答应暑假快结束时来接他，到时作为奖励我会给他买一套《儒勒·凡尔纳科幻小说集》。

朋友的儿子住进了我家，对屋里的一切都好奇，只是对书房里满柜子的书瞧都不瞧一眼。那天，他又坐在沙发上边吃薯片边津津有味地看电视，我对他说："我要宣布一条规则，从明天开始，我们全家都不看电视，就看书。如果你不看书的话，我会有一套惩罚你的办法，其中就包括禁止你吃零食。"朋友儿子下意识地护了一下手里的薯片，想了想说："好。"

半个多月过去了，朋友儿子从初始一看书就打瞌睡到后来能坐得住看书，我把这一情况当作喜讯报告给朋友，顺便问了一下他那边的进展，朋友说："还在锻炼阶段。"后来我又打过去几个电话，朋友支支吾吾地说："到时候你自己来看看就知道了。"我心想，照儿子胆小如鼠的个性，看来这培养计划有点难。

一个月的日子到了，我陪着朋友儿子在书店里挑了几本他喜欢的书，顺便买了答应儿子的那套书。到了朋友家，朋友见他儿子捧着新买的书专心看的样子，感慨地说："曾老师，你真行！"

我没看到儿子，心里有点着急，正要问，只见儿子兴冲冲地跑进来，手里拎着一只还在蹦跶血直往下滴的鸡说，"妈，听说你要来，我刚杀了一只鸡。"

梦里有你

我连忙挥着手说："别弄脏了地，快拿出去。"

见儿子出去，我对朋友说："你行啊，我这个胆小鬼儿子让你培养得胆大了。"朋友苦笑不答。

吃饭的时间到了，我走到厨房，朋友的妻子正忙乎，两只宰杀的鸡泡在热气腾腾的大木盆里，锅里放着几只蒸熟的鸡，墙上还晾挂着几只酱鸡。我说："至于嘛，我一个人来，杀那么多只鸡？开鸡宴会啊。"

朋友妻子笑笑："你回时，给你带几只去。"

走到院子里，儿子拿着刀正满院子追逐着一只惊慌失措的鸭子，鸭子跑得急了，接连几次在泥地上摔跤。朋友在一旁连连说："好了好了，今天不要杀了。"

我看着空荡荡的鸡舍，不解。朋友看看我，终于说了实话。起先，儿子说什么也不肯杀鸡，后来，朋友每天当着他的面杀一只鸡，说这是你妈交代给我的让你做的功课，完不成，这一个月到后你也甭想回家了。慢慢地，儿子学会了杀鸡，再后来，杀出了兴致，不光杀完了公鸡，连那些正在下蛋的母鸡都杀了。

我听了有些恐怖，我喝住挥着刀呀呀乱叫的儿子，他走过来，又瘦又黑一副邋遢相。他说："妈，原来杀鸡蛮好玩。我杀鸡的时候那些鸭子在旁边吓得嘎嘎直叫，还满院子乱跑，那些鸭毛都飞起来了，像雪花在飘。"

第五辑　反正闲着也是闲着

分类导读：没有菜和花可以种，又不能在家里开麻将室，信元只好把所有的时间都用来睡觉和看电视。吃了睡，睡了吃，人越来越胖，越胖越不想动。他对那些跳广场舞的大爷大妈们嗤之以鼻，他觉得寿数天定，跟锻炼无关。

正好社区通知60岁以上老年人免费体检，他跟老婆去了，一体检，竟然"三高"。这拆迁拆的，信元认为这是他得"三高"的缘故。

中了大奖我请客

章前导读：余标一和周良鸿是老朋友，两人在一起，每次都是余标一请客，而周良鸿一次也没请过，他的理由是：等他中大奖了一定请。余标一想方设法想让周良鸿请一次，某次饭后，他倒在了酒桌上。

梦里有你

余标一无数次地想过要跟周良鸿绝交。比如今晚，他们在银州饭馆喝酒，周围的客人几乎都走光了，周良鸿却没有打算离席的样子。他红着脸，对服务员说，再来一瓶老酒！

余标一想：看样子，今晚这顿饭周良鸿请客了。心下高兴，原本紧绷的神经松弛下来。于是，他们继续胡侃。

周良鸿从口袋里掏出一张彩票，说，标一，这注号码我追了15年，相信不？我感觉大奖马上就要落到我身上了。

余标一说，我前些天听来一个故事，一个人买了30多年彩票，一次也没中过。他有个习惯，每次都把旧彩票换掉，新彩票藏在唯一的一件大衣口袋里。后来他死了，临死前还说，这辈子我一定会中大奖的。

他下葬后的第二天，彩票开奖了，正是他30多年来守的那注号码。家人把整座房子都翻遍了，才想起那件藏有号码的大衣被他穿在身上葬在坟墓里了……

周良鸿说，呸呸呸！哪有这种事，你自己瞎胡编的吧？

余标一说，管他呢，反正我也是听来的。喝酒喝酒！

于是，继续喝，喝到饭馆里只剩下他们一桌，服务员在边上斜着眼睛看这两个唾沫星子乱飞的老头。

余标一还是慢了一步，他觉得是自己贪心的缘故，酒还剩下三分之一呢，这可是要十几元一瓶的老酒。周良鸿站起来，说，我上厕所去。

余标一知道，他不用像上次那样傻等了，他喝干酒，把账结了。

第五辑　反正闲着也是闲着

果然，周良鸿站在门口，他搂住余标一的肩，两人一脚高一脚底地朝家里走去。

余标一说，良鸿，啥时你请回客，不用找借口上厕所？

周良鸿说，等我中了大奖，一定请，足足请上一个月呢。

余标一叹了一口气，看来我只好在梦里喝你的酒喽。

周良鸿说，要相信。美梦成真懂不懂？

余标一想：跟这种吝啬鬼在一起有什么意思，这次，我一定要跟周良鸿绝交。打定主意，就待在家里不出去。

第三天，周良鸿找上门来了。余标一知道，自己这辈子跟周良鸿绝交是不可能了。周良鸿虽然爱财如命，从不请客，人还是诙谐有趣的。他会讲很多的八卦新闻，让不爱看报上网的余标一听了一惊一乍的。

大家都说，周良鸿的嘴皮子能把死人说活过来，这点也是让余标一佩服的。他和周良鸿从上学到参加工作，后来娶妻生子，都没断过联系。两人的孩子都在外地工作，前两年各自的老婆相继过世，于是，这两人现在几乎天天粘在一起，人越老越怕孤独。

可是，余标一还是不甘心。自小，周良鸿就比他强，成绩比他好，工作单位比他好，就连娶的老婆也比他漂亮。可是，这几十年来，他愣是没掏过一次钱，每次都是他余标一请客。无论如何，他是一定要让周良鸿请回客的。

余标一曾经学过周良鸿的办法，借口上厕所提前离席，可每次都被周良鸿堵在门口。

梦里有你

周良鸿说，标一，你别跟我耍花样。我说过，除非我中大奖，我就会请客。

日子一天天地过去，两个老头依然聚在一起喝酒聊天散步，依然每次余标一请客，而周良鸿依然没中大奖。

这天，余标一又请周良鸿到饭馆吃饭，他点了乌枣炖胖蹄、南瓜乳酪、马鲛熏鱼、咸水鸭、油爆虾、葱油螃蟹，两瓶酒，然后把菜单递给周良鸿，说，想吃啥，尽管点。

周良鸿说，你今天咋啦？这么多菜两个人吃得完么？

余标一说，那好，等会再点。

于是两个人边喝酒边聊起天来，说的都是过去的糗事，边说边用筷子指着对方大笑。

两瓶酒眼见到了瓶底，余标一说，都说茅台酒是大官们喝的，咱活一辈子也没喝过，不如今天来一瓶？

周良鸿说，标一，你钱多烧的是不是？不喝不喝。

余标一挥手叫服务员过来，来瓶茅台！也不管周良鸿瞪着眼瞧他，自顾倒了一杯，又给周良鸿倒了一杯，一口喝干。

好酒！好酒哇！余标一哈哈大笑两声，突然一头栽倒在酒桌上。

余标一被送到医院抢救，住了一个多月终于捡了一条命回来，只是走路变得一瘸一拐的，说起话来口齿不清。

周良鸿来看他，余标一指着他呵呵笑着说，这次，终于轮到你……请客喽！

周良鸿苦笑着，说，算你走运，看来，今后中了大奖我也只能自个喝喽！

第五辑　反正闲着也是闲着

遇　见

章前导读：在周庄古镇，肖青遇见一个男人，相谈甚欢，并约好第二天再见。肖青等了一星期，男人却再没出现。直到有一天，她在电视里看到男人的身影，明白了男人为什么没有如约前来。

肖青看了几家旅社，决定在这家住下来。一楼的大厅是一个装修简单但很别致的咖啡吧。里面人不多，音乐也不吵闹，有人临窗而坐，也有人三三两两围坐着轻声聊天。

肖青除了白天出去，晚上回来洗涮后，总带着一本书下来到咖啡吧，借着黄黄的暖光看书；有时，耳朵里塞个耳机听音乐。她喜欢那种幽静、自在的气氛，静静地坐着，不被人打扰，看街道上绿光泛起的彩灯和水边停靠的船只。

那天下雨，店里人很少，肖青看了一会儿书后，不知不觉竟昏昏沉沉地睡去。

也不知多久，等她醒来，见面前坐着一个男人，正聚精会神地看着她放在桌上的那本书。

肖青看了他一会儿，男人轮廓分明，俊秀的脸上有一丝淡淡的忧郁。不知道为什么，她一下子对男人产生了好感。

男人感觉到了肖青注视他的目光，笑了笑，说，我

梦里有你

也喜欢奥尔罕·帕慕克的小说，不过，相比这部《我的名字叫红》，我更喜欢他的那部《纯真博物馆》。

肖青知道自己是个跟风的人，眼下热门什么，她就去关注什么。事后，她总是觉得事实未必像炒作的那么好。那本书，她才看了开头几页。幸好，男人没再跟她讨论奥尔罕·帕慕克的小说。

来旅游的吧？

肖青点点头。

这个季节来这里旅游的人可不多。

你说这里有啥好玩的地方？

男人说，APEC会议船坊，全福讲寺，沈厅，双桥，迷楼，南湖和张厅等，都不错。他说话的语速平缓，嗓音低沉，两手十指交叉着，眼神有些遥远。

肖青看着他，突然想起那年在家乡一家茶楼遇见的一个男人。那个男人面容清癯，戴着眼镜，穿了一件白衬衫和一条蓝裤子，浑身上下透着一股清爽和俊秀的气质。他从阳光灿烂的大街走进光线昏暗的茶楼，对肖青说，能给我一杯水吗？他简直是渴坏了，所以一点也没有注意到肖青惊讶和惊艳的目光。说实话，肖青还从来没有见过气质这么好的男人。他一口气喝完递给他的白开水，抬起头，看见肖青惊讶的目光，他对她笑了一下，那眼神，直到如今她都不能忘怀。

谢谢。他说，然后走了。

肖青明白自己为何对这个男人有好感了，她直愣愣地看着眼前这个男人，恍惚间他们是同一个人。是吗？为什么那么像？难道，那么多年的寻找，今天，终于在

第五辑　反正闲着也是闲着

这儿相遇？

男人注意到了肖青呆呆注视的目光，他有些不安起来，他摸摸自己的脸、鼻子、嘴巴，然后很不好意思地问，你为什么那么看我？

肖青很想问，你去过我们那个城市吗？话到嘴边，还是隐忍了下来。她说，我喜欢听你说话，真的，已经好久没有人跟我说这么多话了。

是吗？男人笑了笑，又说起来，缓缓地，仿佛沉浸到了自己的故事当中，周围的一切在他眼里都不复存在。

肖青理了理他的故事，大致是这样：前些年，他遇到了一个红颜知己，两人相见恨晚。但是，他已成了家。他不知道该怎么办？知己得知他不会选择自己的时候离开了他，从此杳无音讯。他来这个古镇，是因为他俩相识在这儿，明知不可能再相见，心却还是一直放不下。

比起电影电视来，这样的故事已经很老套，但肖青喜欢听他对自己心理的剖析。真的，没有一个男人，会像他那样用真心和真情去对待自己的妻子和知己，却又陷入那么深深的自责当中。

他们在咖啡吧门口分手的时候天已经微明，肖青说，我也会把我的故事讲给你听。男人答应了，说第二天晚上还会来。

第三天、第四天，一星期过去了，男人一直未出现。肖青隐隐有种预感，他不会再来了，对于一个陌生女人，他说得也许太多了吧？

那天，肖青在房间里看电视，晚上 7 点 30 分是城

189

梦里有你

市新闻，市委书记、市长正在为一座新城校区奠基碑揭幕，肖青刚想换个频道，突然，一个熟悉的身影出现在电视里，他和一帮人站在一旁正微笑着为领导鼓掌。是他吗？肖青注视着电视屏幕，等整个新闻都播完了，他都没有再出现。

后来，肖青在博库书城买了奥尔罕·帕慕克的《纯真博物馆》，等她看完后，想起男人的故事，觉得，她也像男人一样，喜欢这本柔情的小说。而周庄，是个给了她美丽回忆的小镇，她想，这次，事实真的比人们说得要好。她喜欢这个江南古镇。

去海边度假

章前导读：两对情侣，去海边小镇度假，大海和沙滩美丽的景致让他们尽兴游玩。一次游泳事故，让两对情侣的感情彻底发生了变化。

小镇自从开发了黄金沙滩后，来这儿旅游的人渐渐多了起来。

这天，来了两对年轻的情侣。大概走了很长路，炎热加上疲累，一个个都沉默地说不出话来。

前面，散落着一些矮矮的、用木头建筑起来的房子，房子周围，种植着刚移植来不久的棕榈树，新鲜的泥土痕迹犹见。

第五辑　反正闲着也是闲着

房子前，有一大片宽阔的沙滩，临近中午，太阳暴晒，沙滩上不见一个人影。是这里了！其中一个说。

他们加快脚步，走到近前，发现大门前有一块巨石，稳稳地卧在那里，上面写着"黄金沙滩度假村"，字体朴拙，倒也有几分特色。

来之前，他们就上网查了资料，知道黄金沙滩位于舟山群岛的一个小镇，如今这里又写着度假村，却因刚开发不久显得简陋，不由哑然失笑。

情侣中的两个女子轮流站在巨石前，让男朋友给自己拍照。末了，才心满意足地走进里面。

因为早有预约，他们顺利地拿到了房卡。

黄昏，太阳落下山去，海滩上游人渐渐多了起来。两对情侣，贝叶和韩亮，马密和贾赫林，欢欢喜喜地到大海游了一会泳，在他们居住的城市，只有游泳池，而没有广袤无际的大海，他们自认为的高超游技在这里有了用武之地。

空气闷热，天色愈来愈黑，大海在淡淡的月光下似乎凝固了，只有轻柔的扑上海滩的潮水声，才能让人知道大海是流动的。

他们急不可待地扑进海里，凉爽的海水顿时消除了暑意。尽管海滩几百米处写着"禁止游泳"标示，但大家不尽兴，又偷偷地往远处游去。

贝叶随意地游着，突然，她慌乱地喊了一声：我脚抽筋了！在她沉到海底之前，有只手臂夹住了她并把她往上拉。贝叶惊慌失措间，感觉那只手臂有力沉稳，不像韩亮的手，等到了岸上，贾赫林的手臂依然没有松开。

梦里有你

韩亮跑过来，按摩着贝叶的腿，一会儿，她能站起来走路了。这一吓有惊无恐，四个人再也不敢在海滩上待着了，慢慢地走回房间去睡觉。

晚饭休息一段时间后，组织者在沙滩上开始了娱乐活动。要求男的唱一首歌，女的按照歌曲旋律跳舞，如果合拍的话，女子可以指定一人跟她跳舞，不合拍则继续唱跳下去，直至合拍。

一下子，沙滩上热闹起来，大家的情绪越来越高涨，欢笑声、喝彩声似乎把平静的海面都搅动起来。

轮到贝叶和韩亮，韩亮唱的是《冬天里的一把火》，这首歌在如此炎热的夏天歌唱似乎有点恶作剧，贝叶娴熟地跳起舞来，在节奏轻快急促的旋律中，她的一头长发飘了起来，一双修长漂亮的大腿劈出优美的舞姿，有人开始鼓掌喝彩。

一曲终了，贝叶选了贾赫林跟她跳舞。贝叶一看就知道是学过舞蹈的，她身姿挺拔，舞姿优美，在贾赫林的带领下，两人跳得非常默契。有那么一瞬间，他们的目光交织在一起，他们在里面找到了快乐、忘我和说不清楚的美好。

那天黄昏，马密又嚷嚷着要去游泳。

贝叶和马密先行下水，两个男人坐在沙滩上聊着天。黄昏的夕阳有种悲壮的绝美，海面上斑斓得似一幅油画。两个年轻女子艳丽的游泳衣和裸露的白皙肌肤点缀在其间，使人感觉动中有静，静中有动。

也不知多久，两个男人才感觉天色暗下来了，贝叶和马密不知游到哪里去了？远处，似乎有两个浮动的黑

第五辑　反正闲着也是闲着

点，还有隐隐的呼喊声，贾赫林先行跳下水，他飞速地朝她们游去。

他听见马密绝望地呼喊着："赫林，救我！"

这两个人，游进了深水区浪岗。在小镇，有"无风三尺浪，有浪三尺高"的说法，说的就是浪岗。去年，曾有外地游客不听劝告游入深水区，丢了性命。

贾赫林看见两个浮动的黑点，他就近揽住一个人的腰，把她往回拉。那边，韩亮也拉住了一个，他们终于游回岸边，筋疲力尽地倒在沙滩上。

天明，小镇的人发现，这来时结伴同行的两对情侣，回去时各走各的。细心的人还发现，那个叫贝叶的漂亮姑娘跟了一个叫贾赫林的一起走，马密呢，跟了韩亮。

当税收遇到美女

章前导读：一个做生意的漂亮女子想要考验自己在男友心中的分量，故意为难当税务官的男友。男友顺着女友的意思一次又一次耐心做着解释，直到有一天，女友看见他带着几个税务官走进店来。

男人又来了。

男人脸庞黝黑，身形瘦削，走在大街上，很容易被人流淹没。穿上这身税务服后，女人觉得他挺拔帅气多

梦里有你

了。女人倚在柜台前，静静地看着他，不说话。慢慢地，她的眼神里有了一层柔和。

男人说，必须依法缴税。

女人装作一脸迷茫，什么税呀，我怎么听不懂？

男人瞪起了眼，看到女人那副无辜的样子忍不住又笑了，于是他对她解释。他不知道说了几遍，即使是个笨学生，也早该教会了。

女人专注地看着他，点点头又摇摇头，很认真的样子，到最后，似乎还是不懂。

男人说，你根本没在专心听我说话。

女人笑起来，说，没有呀，我听得很牢的，可是我记性差，听过了马上就忘记了。

你总是听不懂，那怎么行？男人说。

那你天天来跟我讲啊，直到我明白。这样，我才心甘情愿来缴税。

男人说，我还有很多工作要做，不能只对着你一个人讲税收的意义。男人摇摇头，走了。

过了几天，男人又来了，不只谈缴税，还跟她说起结对助学的事情。

女人高兴了，打开了话匣子，说到好几个她结对的贫困孩子。

他们喊我妈妈。有一天我带他们去公园里玩，旁人问我，这些真是你的孩子？

呵呵呵，女人笑起来，笑得花枝乱颤，她的一头长波浪甩过来甩过去，有几绺发丝拂到了他的脸颊上，痒酥酥的，带着一股清香。

第五辑　反正闲着也是闲着

男人闭了下眼睛，心突然慌起来，脑子里闪过一些想法。

女人凑到他眼前，说，咦，你脸红什么呀？你不喜欢他们以后也叫你爸爸吗？

男人喃喃地说，那你先把税缴了。

女人身子一扭，可我还是不懂我为什么要缴税？你如果说服我了我就听你好不好？她的一双好看的眼睛盯着男人，似乎看透了他的心思。

男人咬咬牙，说，这个月底如果你再不把欠的税全部交齐，我就，我就……

你就怎么，说说看呀。女人又笑起来，边笑边把他的样子用手机拍了下来。

男人真生气了，他说，到时你别后悔！

男人夹了公文包扭头就走，不小心撞上了透明的玻璃大门，禁不住发出"啊"的一声痛喊。

还未等女人跑过去，男人自己拉开门快速离开了。

阳光下，男人的身影在大街上急急行走，那身藏蓝色的税务服在人流中显得格外醒目。女人不明白他为什么总是穿着那套服装，就连双休日都不脱下，难道是因为有一次自己夸赞他穿那身服装特别帅气？

女人并不想真的为难他。月底如期而至，女人手里拿着一沓钱，用一枚硬币正反面猜测着事情的结局。

一整天女人都心不在焉，上午只做了几笔生意，顾客上门，她也不像平时热情地迎上去。女人不时看着大门，那个穿藏蓝色服装的身影一直未出现。她不希望他来，又希望他来，就像她抛的硬币正反面，五次正，五

梦里有你

次反，这说明什么呢？

天色渐渐暗了下来，这个时候顾客一般是不会光顾了，她看了看时间，准备关门。

这时，女人发觉男人站在街对角，看见她，男人走了过来。这次，他身后还跟着好几个男人，而且，都穿着藏蓝色的税务服。

女人明白了，女人不说话，把那沓钱交给那些人，看他们写字，开票。她看着男人，他避开她的目光，自始至终，不发一言，不看她一眼。

他们走了，留下她。女人站在店里，一直站着，直到街灯亮起，人声寂灭，而店里，漆黑一片。

很久很久。不知道什么时候，有人走进来，那个人打开灯，刷的一下，一片白，像是闪电般突兀明亮。女人的眼睛眯了一下，慢慢地，才适应眼前的亮光。那个人，这次，破天荒未穿那身藏蓝色的工作服。

男人走到女人跟前，说，我知道，你想让我选择爱情与原则在我心中孰轻孰重？

女人突然爆发起来，她伸出手捶打着他，叫，可你还是选择了，你心里根本没有我，你以为这样做就能显示你的公正高大！

男人紧紧抱住她，说，它们不矛盾，我两样都选择。他力气很大，直到感觉怀里的身体渐渐松软下来。

男人禁不住笑起来。

第五辑　反正闲着也是闲着

反正闲着也是闲着

章前导读：退休后的信元住在一幢堪称别墅的房子里，生活过得很是惬意。直到有一天，他的房子被拆迁。成天睡觉看电视的信元得了"三高"，这时儿子却要求他再去上班。最后信元发现，事实不是他想象的那样。

大家都说信元大糊财运好，后街祖上传下来的房子卖了60多万，拿了这笔钱，信元在城郊的一块地上造了两幢三层的房子。那块地基是好多年前批的，原先是农业队的蔬菜地，一直荒废着。信元在前院种花，后院种菜，过上了"采菊东篱下，悠然见南山"的日子。这人心情一舒畅，气色就好，一张肉嘟嘟的脸油光峥亮像女子上了妆似的。

信元其实不傻，当地人把没心没肺，诸事抱无所谓态度的人称为"大糊"，大家说信元傻人有傻福，一边说一边叹气，仿佛自己的落魄皆是因为太聪明的缘故。

信元在那幢堪比别墅的房子里住了三年，上午侍弄花草蔬菜，下午邀请一帮人在家里搓麻将。他把楼下一间屋子改成麻将室，买来麻将机，有四五个固定的麻友。

这天，四个麻友边搓麻将边聊天，一个说，听说海天大道那边要实行马路改造，一直通往前山中学，这下学生上学方便多了。

那条路通往前山中学，这不就要经过信元家的房子吗？

梦里有你

信元心慌慌的，手一抖，把正听的牌打了出去。是真是假？不会是随口说说的吧。顾不上悔牌，他拿眼睛盯着说话的人。

听说规划都出来了，这儿要建设新区，很多房子要拆迁。

晚上，信元打电话给建设局工作的儿子嘉林。嘉林说，对呀，是这么说的，下半年要动工，我们家那幢房子可能要被拆迁。

这臭小子，居然一点口风都未透露，好像跟他无关似的。信元撂了电话，楼上楼下转了一圈，又到前院后院站了一会，他心里难受。自己都这把年纪了，不想再被折腾着搬来搬去，可是胳膊拧不过大腿，政府叫你初一搬你熬不过十五。

信元的房子经过评估拿到了九十万元，他在城里买了一套一百平方米的多层，再加上装修，剩下不到十万元。信元跟老婆说，这点钱加上咱俩退休费，省着花，足够养老了。

没有菜和花可以种，又不能在家里开麻将室，信元只好把所有的时间都用来睡觉和看电视。吃了睡，睡了吃，人越来越胖。越胖越不想动，他对那些跳广场舞的大爷大妈们嗤之以鼻。他觉得寿数天定，跟锻炼无关。

正好社区通知六十岁以上老年人免费体检，他跟老婆去了，一体检，竟然"三高"。这拆迁拆的，信元认为这是他得"三高"的缘故。

这天，嘉林来了，居然是向信元要钱。他说人家都在新区买房子，自己家的那套房子面积太小，也想在新

第五辑　反正闲着也是闲着

区换一套大的，以后女儿可以就近在新区学校读书。

信元只好把所有的钱都给了嘉林。嘉林看看信元，说，我单位正需要一个门卫，只上日班。你反正也是闲着，想不想去？

见信元不响，说，也不急，你考虑好了给我打电话吧。

信元虽然有些不乐意，但积蓄没了，以后儿子孙女花钱的地方还多的是，这钱还得去赚，何况管门卫也不是多累的活吧。

信元又开始上班了，他每天上班走着去，下班走着回，不知不觉，大半年时间过去了。

这天，嘉林说要带信元去医院检查。信元说我吃得香拉得出睡得好，不用查。

嘉林说，去查过就放心了。一定拉他去，拗不过，信元只好跟了去医院。

信元除了血脂还有点偏高，其他指标居然都正常。嘉林高兴地说，爹，以后，我每年都来陪你体检一次。

信元六十五岁生日那天，嘉林塞给他一只红包，信元打开，里面一张卡，还有一张写着密码的纸条。

嘉林说，爹，这是你的钱，仍然还给你。

信元说，你不是买房缺钱吗？拿去拿去，现在我也不缺钱了。

嘉林说，我不这么说你会再去上班吗？你每天除了吃就是睡，身体越来越不好。我是希望你身体好，过一个有质量的晚年哪。

信元笑了，说，我反正闲着也是闲着，那活儿又不累。臭小子，算爹没白疼你！

梦里有你

我的眼里只有你

章前导读：三年前，李尔接受了眼角膜捐赠，于是每晚都会梦见一个叫米心的女子，而他变成了季博。为了弄清真相，他去了米心所在的城市。然而无数次的寻找都没有遇见，直到最后一天。

又做梦了。他从车厢里站起来向她走过去，说，米心，我是季博啊。

米心握着方向盘扭头看了他一眼说，你骗人，你不是季博。

他有点激动，晃着她的肩膀大声说，我是的，你仔细看看我！急促的刹车声。

李尔大汗淋漓地从梦中醒过来，三年了，他几乎每天晚上都做类似的梦。他不认识米心，也不知道季博是谁。他上百度查了这两个名字，叫米心和季博的倒是不少，他不知道哪个才是真实的米心和季博。

李尔在一家会计事务所工作，很忙，经常加班加点。很长日子，他都不知道休息是何滋味。

李尔想：这个一直困扰他的梦难道是那次手术的缘故？

通过关系，他打听到了捐赠人的名字。奇怪，真的叫米心。李尔坐不住了。

这天早上，李尔走进所长办公室，说，请允许我休

第五辑　反正闲着也是闲着

半个月的假期。否则，我只好辞职。

所长知道李尔是个工作狂，自从他应聘到这家事务所后，单位里的生意日渐红火。虽然他很不希望李尔请假，但他不想失去李尔。

好吧，他说，我同意了，对你，这是破例。

李尔乘上飞机，看着舷窗外的朵朵白云，想，当年，他的这双眼睛，也是这样漂洋过海来到他身边吧。

两个多小时后，李尔站在这个城市的土地上，一股奇异的暖流瞬间涌遍了他的全身。尽管他是第一次来到这个城市，但是，他感觉似乎已在这里生活了好多年。

这是一座海滨城市，城市上空弥漫着清新微咸的气息。城市不大，却很繁华，不时响起公交车的自动报站声。

李尔很奇怪，看人们的穿着打扮，似乎很富裕，然而大街上出租车和私家车却很少。李尔问人后才知道因为这个城市面积不大，为了净化空气，减少交通拥堵，政府鼓励市民乘公交车，而且不管车程多远都只收一元钱。李尔一下子对这座充满智慧、远见和人性化的城市充满了好感。

这天早上，李尔又坐上了一辆公交车，这是自他来到这个城市的第十天。他不停地换乘车子，从早上车子出发到晚上司机下班，从起点站坐到终点站。他觉得自己几乎把这个城市的公交车都坐遍了，但他从来没有遇见一个叫米心的女司机，难道是自己的梦出了差错？奇怪的是，自从他来到这座城市后，他就停止做这个梦。所以，李尔开始怀疑这个梦似真似幻。

最后一天。李尔神情沮丧地坐在公交车上，他安慰

梦里有你

自己，我来过了找过了，没有什么可以遗憾了。

车子开动了，路旁的梧桐树纷纷向后倒去，仿佛都在快速奔跑。他咧嘴轻笑了一下，把眼光从窗外收回来。司机是一个胖乎乎的男人，有一个几乎看不见脖子的头颈。

不一会，车子到站了，司机稳稳地把车子停在路边。

米心。李尔情不自禁轻轻地念叨了一声，师傅，你认识米心吗？

司机回转头，什么？你刚才是在说米心？司机面相苍老，胡子拉碴。

李尔一激动，站起来说，师傅，你认识米心？

司机咧嘴笑了，你还真问对人了，这全车队就我认识她。现在的司机大多是从别地调过来的，只有我一直在这里干。三年前，米心就离开这个单位了。

李尔还想问，车子开动了，司机没再说下去。

傍晚，司机下班了，他告诉李尔，三年前那次车祸，米心失去了她新婚丈夫，从此，她不再开车，她说每次开车就会想到她的丈夫是死于车祸，她受不了。她去做了义务交警，就在她丈夫出事的那条马路上。

你看，司机指着不远处说，她在那儿，应该快下班了。

李尔走过去，一个身穿黄衣服，头戴黄帽子的女子正收拾东西准备回家。李尔看着那个跟他梦中所见长得一模一样的女子，说，米心，你是米心。

女子抬起头，看了他一下，说，是的，我是米心，你是谁？

我是李尔。三年前，是我接受了季博的眼角膜捐赠。

米心呆住了，她走上前，看着李尔，轻轻地抚摸着他的眼睛，突然泣不成声。

是的，我知道，季博，这是你的眼睛。

李尔眼泪流了下来，米心，我来，只是想看看你过得好不好？你比以前瘦多了。

一个非常有趣的赌

章前导读：好朋友邹驰带我去参加一个朋友聚会，在那里，我认识了一个捕鱼高产的带头船船长，并听他讲起多年前跟高校教授打的一个赌，并以此为动力。然而当我遇到教授跟他讲起这个赌时，他却忘得一干二净。

一天晚上，我的好朋友邹驰带我去参加一个朋友聚会，我本不想去，因为参加的人都是渔民老大，我们这里管渔民船长叫老大，我平时几乎不跟他们打交道，又都是生人，怕被冷落。

邹驰说，有我在怕什么，知道不，人脉就像花草树木，需要主动浇水呵护，你做的这行业，难保以后不用到他们。

我想也是，多交一个朋友总不会是坏事。

我们到的时候，已有七八个人在场，正聊得热闹。打过招呼，坐着听了一会他们的谈话，我悄悄收拾了一下自己散漫的心态。按我们舟山人的说法，渔民屎拉大

梦里有你

海洋，都是些个性粗粝、直爽、品位摆不上桌面的人，但他们的衣着及谈吐，让我改变了看法。

他们大约在三十至四十岁之间，穿着休闲，但看得出都有品牌。他们在谈上次去欧洲旅游的事情，还互相在微信上晒自己拍的照片，我看了看，照片拍的颇有美感，用光到位，色彩也比较协调。

邹驰悄悄对我说，他们除了出海生产，回来时就是打桥牌、旅游，或者聚在一起聊天，了解国家大事和社会信息。

我想，打桥牌可是一项高雅、文明、竞技性很强的运动，当年一个国家领导人就是酷爱这项运动的。想到这，不由得正襟危坐起来。

大家似乎都在等一个人，不一会，来了一个年近四十岁的瘦高男子，俊眉朗目，长相颇似一个韩国巨星。邹驰轻声对我说，他是西海村的名老大，姓姚，他一开船，后面就跟满了船队，因为他带领的蟹笼船队年年获高产，他担任着捕捞专业合作社的理事长，还是市政协委员呢。

邹驰向大家介绍我是某科技有限公司的老总，毕业于某著名高校，开发的产品获得过几项专利，还被评为省高科技产品。

原以为，他们至少会露出一点惊讶的神色，毕竟，我还年未三十呢。不过，他们只是礼貌性地向我敬了酒，并没有露出少见多怪的神色。

看来，他们是一群见过世面的船长。大家又开始聊起来，不过，他们似乎喜欢听姚老大说话。也许是我在场，认为我是一个读书人，姚老大说到比尔·盖茨去年读了

第五辑　反正闲着也是闲着

139本书，自己读过其的一本，傅高义写的《邓小平时代》，说这本书是他上次出海时断断续续看完的。

怀着敬意，我向姚老大敬了几杯酒。他说，你毕业于海大，应该认识庄守吧。

庄守，认识，他是我们学校海洋与环境学院的教授。怎么，你认识他？

对啊，当年我曾在海大进修过半年，认识了庄教授。当时也不知怎么回事，他认为我聪明，会动脑子，不出十年一定会在事业上有所建树。为此，我们还打了个赌。我说十年内如果我年收入超过百万的话，我会在他所在城市最豪华的酒店请他吃饭，反之，他请我吃饭。说实话，我还欠他一顿饭呢。我琢磨着，什么时候去看看他。

说也凑巧，半年后，我去母校联系业务，见到了庄教授。我们聊了一会，我突然想起姚老大的那番话，就笑着把这个赌跟他说了，说人家还惦记着欠他一顿饭呢。

庄教授皱着眉头想了一会，问，你说那个人叫姚明亮，现在年收入超百万了？你刚才说他是干什么行业的？

我说，他叫姚明辉，现在是个有名气的带头船船长，年年获高产呢。当年到学校参加进修，您夸他出色聪明，还打赌十年内他如事业成功请您在最豪华的酒店吃饭。

哦，庄教授抿了抿嘴唇，苦苦思索起来。这倒是一个非常有趣的赌，他说，一个聪明出色的学生。你刚才说到你的朋友，他叫姚明……

刚好，天突然下起雨来。我用包遮住头，抬头望着天说，您瞧，刚才还太阳朗照呢，这天说变就变了。

梦里有你

去朱家尖看沙雕

章前导读：杨月认识了一个叫卜寒冬的男子，并跟着他去了很多地方，渐渐对他产生情愫。正当她做着美梦时，接到了卜寒冬前女友的一个电话，说他要结婚了，并说他脚踏几只船。冬天，杨月一个人又去了朱家尖看沙雕。

卜寒冬喊："杨月，杨月，来这儿帮我拍一张！"

杨月丢了那边看的风景，乐颠颠地跑过去。卜寒冬身后是一幅连绵的组合沙雕，波塞冬和他的妻子安菲特里忒深情地搂抱在一起，他旁边是海妖、城堡和各种各样的海底怪兽，雕得栩栩如生。卜寒冬穿着一件火红的羽绒服，像一簇火焰在波塞冬的海底宫殿前燃烧。

杨月至今还搞不清楚，为什么卜寒冬的一句"我们去朱家尖南沙看沙雕吧"，就让她迅速请了假，丢下手头的工作从北方赶到这儿来。这里的海水是浑浊的，黄黄的像搅拌过的泥浆，海风打在人脸上刺疼，门票倒是奇贵，只有稀落的几个游人。谁像他俩那样傻呢？大冬天来这儿看寂寞的沙雕。

但卜寒冬兴致却很高，见杨月呆呆地站在波塞冬和他的妻子前发怔，就连着偷拍了好几张杨月的照片。杨月的身姿挺拔秀丽，所以她的侧影看起来特别漂亮。卜寒冬有那么一瞬间感动，他走过去，轻轻地说："杨月，让我也像他那样抱着你好不好？"

第五辑　反正闲着也是闲着

杨月脸红了，没点头也没表示反对。卜寒冬紧紧地拥抱了杨月，杨月的头埋在卜寒冬的怀里，感觉这样挺好挺温暖。她想：是不是，眼前的这个男孩，就是自己一生可以依靠的人？

后来，杨月还跟卜寒冬去了很多地方，最远的一次去了西藏。那次杨月高原反应得厉害，卜寒冬一直守着她，很细致很体贴地。杨月看着卜寒冬，想：如果卜寒冬现在向她求婚，她立马就会答应了。

那一年，夏天早早来临了，杨月在网上搜索，看到了朱家尖南沙的沙雕主题：神秘的世界海岛奇观。她在QQ上给卜寒冬留了信息：我们一起去朱家尖看沙雕吧。这是她第一次主动邀请卜寒冬，她想：等看完沙雕，她也许可以告诉卜寒冬，她报考了他那个城市的公务员，那样他们就可以真的在一起了。

卜寒冬的QQ头像一直暗着。那天快下班的时候，杨月接到了一个电话，是个女的，她说："你是杨月吗？我是卜寒冬的女友，确切地说，是前女友。"

杨月一下子反应不过来，结结巴巴地问："你好，你找我有什么事？"

"你不知道吗？卜寒冬快结婚了。"

大概她看杨月那边沉默，又说："卜寒冬就像希腊神话故事中的波塞冬一样是条色狼，他脚踏几只船，不光跟你，也跟我，还有几个女孩都有交往。他下个月八号结婚，我们不能这么便宜他了，我们……"

杨月挂了电话，她想起南沙沙雕前那个穿着大红羽绒服的卜寒冬，那个搂着她喁喁私语的卜寒冬，那个在

梦里有你

西藏细心照顾她的卜寒冬，心里很痛，泪慢慢地流了下来。

卜寒冬举行婚礼的那一天，收到了快递公司寄来的一只包裹。卜寒冬小心翼翼地打开来，引起宾客们的一阵哗然。那是一幅沙雕作品，镶在镜框里。卜寒冬的眼前浮现出朱家尖南沙边，波塞冬搂着他的妻子安菲特里忒，那个叫杨月的女孩伏在他怀里的情景，心里一时有些茫然。

寒风又起了，朱家尖南沙边的推土机在隆隆地响着，一组又一组的沙雕作品在推土机的轰鸣声中猝然倒地。杨月站在当年卜寒冬拍照过的地方，波塞冬和安菲特里忒以及他的地下宫殿早已变成了一堆堆的沙土。

开推土机的工人说："明年这儿又将建起一组新的沙雕。姑娘，现在不是看沙雕的好季节，你选夏天来看吧。"

晕　船

章前导读： 阿海因为不会念书闹着要跟爹出海捕鱼，但他天生晕船。在一次次的出海，经受晕船的痛苦和折磨后，阿海没有退缩，他渐渐成长为一个富有经验的船长。

阿海在后湾小学读书时被人称为"末子"，因为每次考试他总是全班最后一名。好不容易挨到了初中毕业，

第五辑　反正闲着也是闲着

阿海扔掉书包，说啥也不肯上学校了，他说要跟爹出海捕鱼。

阿海爹说，渔民的生涯是一口风一口浪，性命随时随地要交给海龙王，哪像你坐在学堂里轻松快活哦。

阿海说，天底下最难的是念书，你以为我那十几分是那么好考来的，真枪实弹哪。

阿海爹无法，只好让阿海上船当了一名伙将团。

阿海站在船头，看着船离村子越来越远。海浪轻轻拍击着船舷，他的心像鼓起的船帆，他忍不住朝着波平如镜的海面快乐地"欧欧"大喊起来。

船驶出岱衢洋不远，阿海的脑袋就耷拉了下来，船不断摇晃，像只摇摆的秋千被晃悠来晃悠去，阿海的胃受不了折腾，"嗷"的一声吐了起来。

甭说给大伙烧饭，阿海连站都站不稳，趴着船舷哗啦啦地呕吐，直吐得晕头转向，眼泪鼻涕一大把，连爹的叫骂声都听不清了。

那天，气象预报说台风马上就要来了！到了下午，洋面上的船都陆续撤走了。阿海爹知道台风来临时鱼群集中容易围捕，但是要冒很大的风险。再捞一网！他用不容置疑的口吻对大家说。

船在波峰浪谷间行进，一忽儿升上天，一忽儿沉入海，眼见得阿海不由自主要被抛入海中。阿海爹唤人把阿海绑在桅杆上，大吼，想当渔民，你就得先过晕船这一关！

这最后一网是个大网头，等收网的时候，风浪已经很大了。

梦里有你

他们掉转船头拼命往避风港里驶，风雨交加，船上的灶台锅碗粮食全被刮入了海中，还好，一个船员藏下了几包饼干。阿海面无人色，连黄疸都吐出来了，阿海爹骂归骂，还是抓着变成面糊的饼干一口一口地喂儿子，尽管他毫不留情又一口喷了出来，让饿着肚子的阿海爹大为光火。天亮的时候，他们到了一个县城的避风港。

船靠了两天，补给了水和食物，第三天，他们的船又要出发了。阿海爹让阿海自己乘车回家去，说接下来要去的洋面海更深浪更大，他会受不了。

阿海说，阿爹我一定能熬过去，我喜欢当渔民！

这是好了伤疤忘了疼，阿海这几天休息得好，全然忘了晕船时身不如死的感觉。

这次风平浪静，海鸥围绕着船帆欢乐得直叫。残阳如血，铺在海面上呈现出壮观的景色，阿海看得激动起来，他搜罗了肚子里的词汇，想要形容一下此时自己的心情，可是才几天他就把所有的词儿都还给老师了。

他们的船进入了披山海域，船在波峰浪谷间像跳着太极舞，阿海照例吐得稀里哗啦。

晚上，阿海爹布置完出网捕鱼前的准备工作后，发现阿海不见了。大家回忆了一下，阿海晚饭前都还在。阿海爹想起阿海被船颠簸得跌跌撞撞的样子，估计是掉落海里了，直后悔当初没把他绑在桅杆上。

船已经开出好几海里了，阿海爹立马吩咐掉头回去寻找。那时各船之间都是用单边带联系，听到阿海爹的

第五辑 反正闲着也是闲着

求救声,附近的船都赶过来帮忙寻找。

茫茫大海,那些搜寻的船队看起来浩浩荡荡,大家知道在这样的情景下生还,希望渺茫,但他们还是怀着一份侥幸,万一海龙王不收留呢。

渔村人结婚早,阿海爹在连生了三个女儿后才生下这个儿子,本指望他好好念书考到城里去,谁想他还是一个捕鱼的命。

天亮了,船队把附近的海面都搜寻遍了,依然不见阿海的身影。阿海爹神情凝重,一言不发,他想洋流可能会漂移着阿海悬浮的身体往远处而去,即使大海捞针,他也要把儿子找到。

到了黄昏,一个眼尖的渔民突然指着远处吼叫了起来。一个小黑点举着手里的东西正朝这边挥舞,阿海爹驾驶船靠过去,只见他的儿子坐在一块礁石上有气无力地朝他们挥舞着手里的白衬衣。

阿海说他吐得不知东南西北,神志不清时被摇晃的船抛入了海面,在海里他才清醒过来,大声喊叫却无人应答,眼见船越驶越远,只好拼命游,游到了这座小海礁上,他相信爹会来救他。父子俩抱头痛哭。

逃过了这一劫,阿海应该不会再上船了吧,但是听说后来阿海又出海了。25岁那年,已经是一名富有经验的船长了。至于晕船,据说还是一出海就晕。问他难过吗?当然!不过,难过也是可以习惯的。阿海笑呵呵地说。

梦里有你

我的合租室友

章前导读：为了省钱，"我"找了一个合租室友。生活的艰辛让他们互相理解和照顾，直到有一天，室友换了工作，再一次搬迁他处。

我跟着她七弯八拐，来到一座老旧的住宅楼，打开门，屋内很小，但收拾得很干净，粉红窗帘、床单，一看就是个女生宿舍。

我看了看只有一张床的房间，说，我住哪儿？

她指指床，就这儿啊，厕所在走廊尽头，房租咱俩一人一半。不过，你得遵守以下这些合租规定，同意了咱俩就签订协议。

我指指床，尴尬地说，咱俩睡一张床？

她显出少见多怪的神情，你说什么哪！你不是上夜班吗？你回来时正好我上班去了，我下班时你又上班去了。咱俩互不干涉。所以，我才同意与你合租啊。

我看着写得密密麻麻的合租条约，自问这些还做得到。于是签了合同，说好下星期一搬来。

星期一早上，我上夜班回来的时候她已上班去了。我把自己的被子床单铺好，上了床，一会，就睡着了。中午，醒来过一阵，睁开眼，看见陌生的环境，迷糊了好久，才想起自己又换了地方。我在网吧的收入并不高，除去房租和一些生活费用，剩下的钱并不多。每月，还

第五辑　反正闲着也是闲着

要省下几百元钱给家乡务农的父母寄去。

下午，我起了床，胡乱吃了一些东西当作晚饭，把被子叠好，又从柜子里把她的被子拿出来，然后扫了地，抹了桌子，去上班了。

偶尔，我们也会碰到。比如，我早下班了一些时候。我站在门外耐心地等着，不一会听见她在里面大叫一声，呀，来不及了！

看见我，她奇怪地问，你一直站在这儿？不关我事啊，谁叫你这么早回。边说边"噔噔噔"地冲下楼去，不一会，听见她大声喊我的名字，叫我把包给她送下去。

我铺开被子，上床，房间里还隐隐留着她的气息，椅子上挂着她来不及收拾的睡衣。我禁不住想着她一路小跑下楼，穿过小区的林荫道，跑到马路边，在站牌下伸着脖子，边跺脚边懊悔自己睡过了头。然后随着拥挤的人群上车，急匆匆地从车上下来，跑向超市，穿上工作服，为迟到一分钟而不停地向店长解释，因为受责备或扣工资而眼泪汪汪。

我跟网吧经理要求早上班半小时，这样，第二天就可以提前半个小时下班了。我敲门的时候，她还想懒在床上再多睡几分钟，但是因为要开门而不得不起床，为他吵醒了自己不能多睡而埋怨，然而再睡下去是不可能了，于是她只好拿着杯子毛巾飞快地去卫生间洗漱换衣服。

我说，吃早餐吧，我顺路，那家的包子豆浆不贵还特卫生，以后可以多睡十分钟，我会买来早餐。

过了几天，她边吃早餐边说，我看你也不像个坏人，

梦里有你

这样吧，以后别再吃方便面了，我给你烧了菜，到时你自己热一热就行了，饭在电饭煲里，我给你设定了时间。饭菜钱一人一半，我把每天的开支写在纸上。

我们相遇的时间总是在早上，但彼此说不上几句话她就匆匆出门了，晚上她拎着买来的菜进家门时，我已经不在了。

那天早上，我照例买了早餐上楼敲门，听见她在里面喊，门没锁，自己开！她坐在那儿，显出刚刚收拾停当的模样，一件白色的灯笼袖蕾丝上衣，黑色的裙子，黑色的皮鞋，头发盘了一个高耸的发髻。

我眼睛一亮，脱口而出，你像个公主，真漂亮！

她显然为这句话而高兴，看不出，你还会夸女孩子。是这样，下个月，我要换家单位，那个超市我不做了。新单位离这儿远，我又得另寻住处，不能在这儿住了。

我心里"咯噔"一下，我刚刚适应有她的生活，失落得不知说什么好。她握住我放在桌上的手，其实，我们俩合租挺好的，我也舍不得。

我没有说话，只是静静地体验着这种被女孩子握手的感觉，她的手温和绵软，渐渐地，感觉手渗出汗来，湿而黏。我的脸红了。

突然，她惊跳起来，喊了一声，呀，要迟到了！她边穿鞋边喊我给她拿包，然后打开门"噔噔噔"地冲下楼去。

我站在门边，听着她皮鞋叩击楼梯的声响，想象她穿越小区的林荫道跑向马路，站在站牌下边跺脚边焦急地探望车子开来的方向。

> 第五辑 反正闲着也是闲着

我看了一眼这个小小的房间，跟平常似乎没有两样，依然整洁，依然残留着她淡淡温馨的气息。她的被子拢着，忘了叠，我站在那儿，看了一会，然后，脱掉衣服钻了进去。被子里依然留着她的体热和幽香，我把脸埋入枕头，想象这张床的温暖凹陷正是她刚才睡过的身体形状，整个人松弛下来，感觉到一股奇特的温暖和温柔，不一会，就睡着了。

抓　拍

章前导读：沈青和夏宇凡是一对情侣，某一天，沈青无意中发现夏宇凡拍的一张照片，牵出她对自己身世秘密的追寻。于是，身体残疾的她独自一人去了一个小岛。

那天，沈青来找夏宇凡的时候，他刚从一个小渔村采风回来，正在全神贯注地整理那些刚洗出来的照片。

沈青趴在他肩头看，突然，她按住夏宇凡的手，叫："等等，我刚才看到一张照片。"

夏宇凡有点口渴，站起来说："你自己慢慢看啊。"

等他倒了一杯水出来，发现沈青神情有些异样地呆坐着。

"咦，你怎么啦？"

"宇凡，你去的地方是不是叫畲斗岙？"

梦里有你

"是啊,你去过?"

"哦,没有,我只是听说。"

沈青吞吞吐吐的样子激起了夏宇凡的好奇心:"怎么了,我拍的照片有什么不对劲?"

沈青推说还有事走掉了。

夏宇凡点燃一根烟,又看起那些照片来。他拍的无非是海水、石头和畚斗岙的老百姓。

畚斗岙,当初他听到这个名字的时候还忍不住笑了一下,难道这个渔村小岙的形状就像一只畚斗,这也太有趣了吧。

夏宇凡在体育局工作,业余时间喜欢到处拍摄,还加入了县摄影家协会。他觉得代山的一些地名非常有趣形象,比如夜雾岙、火烧浦、老鼠山、仰天岗、狗头颈。海岛人也许是吃多了鱼,想象力特别丰富吧。

畚斗岙是个石头渔村,石头墙、石头屋、石头路、石头码头,清凉的海水蓝得发黑,就像一个世外桃源。

夏宇凡拿起一张他最得意的照片:一个男人站在码头边,手里抓着一条鱼,他笑逐颜开的神情使他脸上的皱纹都舒展开来,宛若一朵绽放的菊花。夏宇凡认得他,姓傅,他们摄影协会初到畚斗岙的时候,就是他第一个来码头接他们。

老傅以前是渔民,现在上了岸,自己承包了一个海塘养殖对虾。

"你看,现在年轻人都离开渔村去城里了,我呢,每天在养殖场里忙,有空时钓几条鱼,生活过得也蛮滋润。"那天老傅跟他们说话的当儿,突然钓上一条鱼,

第五辑　反正闲着也是闲着

当他笑着从鱼竿上抓住鱼时，夏宇凡迅速抓起相机，把这个镜头抓拍了下来。他觉得摄影如写作，需要及时捕捉灵感，及时完成创作。

夏宇凡想起沈青看见这张照片时的异样神情，难道沈青认识老傅？但沈青是正岛人，何况她的脚自小残疾，几乎未出过岛。

沈青好几天没来找夏宇凡，夏宇凡一忙也没感觉到。等他忙过一阵后才想起自己和沈青几乎有一星期未见面了，是有点不正常。

夏宇凡去沈青家，沈青母亲告诉他沈青前两天去畚斗岙了。

"她去畚斗岙干吗？"

沈青母亲说："宇凡，你是不是看上畚斗岙的姑娘了？"

夏宇凡丈二和尚摸不着头脑，"这话从哪儿说起？"

沈青母亲说，"沈青从你那回来后，老是拿着一张照片哭。"

夏宇凡从包里掏出一张照片，问："是不是这张？"

沈青母亲看了看，说："对啊，也不知道啥原因？"

夏宇凡依稀想起拍老傅的那张照片时，照片上的少女刚好站在旁边看，夏宇凡觉得这个渔家姑娘羞涩、朴实，单纯的气质跟镇里姑娘的世故迥然不同，当时她身后的背景是连绵的石头墙，很好看，夏宇凡于是抓拍了下来。他整理照片的时候，才发觉少了一张，于是又去印了一张。

沈青母亲说："宇凡，你也别怪沈青，本来不想告

梦里有你

诉你的。沈青是我抱养的，她的亲生父母嫌她脚残疾，还未满月，便把她抛弃了。"

"难道她是畚斗岙人？"

"这个我也没打听，当初是一个畚斗岙人抱到我这儿来的。后来沈青不知怎么知道了这件事，总说要去一趟畚斗岙，你也知道她那样子出岛不太方便吧，就一直未去。"

夏宇凡拿着照片看了好一会儿，突然说："阿姨，你仔细瞧瞧，那个姑娘长得是不是跟沈青很像？"

沈青母亲凑过去看，惊讶地说："哎呀，真的很像，我说当初我怎么觉得眼熟来着，难道……"

两天后，沈青来找夏宇凡，好像什么事情都没发生过。夏宇凡张了张嘴，但终于什么也没问。

沈青仿佛看穿了他的心事，说，"你们放心，我以后再也不会去了。"说完，紧紧搂住夏宇凡的腰，那股劲儿，似乎要把自己贴进他的身体里去。